Die Rettung
des
Königreichs Zakynthos

Anne Ch. B. Zehrt

Die Rettung

des

Königreichs Zakynthos

Bibliografische Information der Deutschen Nationalbibliothek
Die Deutsche Nationalbibliothek verzeichnet diese Publikation in
der Deutschen Nationalbibliografie; detaillierte bibliografische
Daten sind im Internet über http://dnb.d-nb.de abrufbar.

©2007 – Anne Ch. B. Zehrt
Herstellung und Verlag: Books on Demand GmbH, Norderstedt
Alle Rechte vorbehalten
ISBN 978-3-8370-0392-5
Printed in Germany

I. Glück im Unglück

er kühle Wind pfiff durch die Ritzen der kleinen Kapelle. Die hohen Mauern aus Stein wirkten bedrohlich, vor allem im Schein der Kerze, der riesige Schatten auf die Wände warf. Pfarrer Tillus löschte noch die letzten Kerzen auf der Empore und wollte gerade in den hinteren Teil des Gemäuers gehen, als es an der Tür laut klopfte. Erschrocken drehte er sich um, wobei ihm etwas Wachs auf die Hand tropfte. Wieder spürte er eine kalte Briese auf seinem fahlen Gesicht und glaubte schon sich geirrt zu haben, als es erneut klopfte – diesmal heftiger. Langsam, seinem Alter entsprechend, lief Pfarrer Tillus zur Tür und öffnete die kleine Luke, um zu sehen, wer am späten Abend noch so eifrig in die Kirche kam.

Draußen, mitten im stark prasselnden Regen, stand ein junger, großgewachsener Mann mit tropfend nassen, langen Haaren, die ihm widerspenstig ins Gesicht fielen, und leuchtend blauer Augen. Pfarrer Tillus kannte diesen Mann und betrachtete ihn als gottesehrfürchtigen und gerechten Mann, der stets seinem Herren und König diente. Genau deswegen war er so erstaunt diesen jungen Mann mitten in der Nacht vor seiner Pforte stehen zu sehen. Verwundert blickte der Pfarrer den Mann an. Doch schon im nächsten Augenblick wurde sein fragender Blick von einem schreienden Geräusch beantwortet. Schreiend und in warme Decken eingehüllt hielt der junge Mann zwei kleine, zierliche Neugeborene in seinen kräftigen Armen, die ganz durchweicht vom Regen waren. Sofort öffnete Pfarrer Tillus die Tür und ließ den jungen Mann ein.

„Was ist passiert, Bartholomäus? Wo ist Desdomina? Was machst du hier in solch später Stund? Wieso bist du nicht zu Hause wie es sich für einen Christen wie dich gehört?", fragte Pfarrer Tillus. Doch ohne zu antworten legte Bartholomäus die beiden schreienden Kinder auf einen Tisch und wickelte sie aus ihren nassen Decken.

„Was ist passiert, Bartholomäus?"

„I... Ich kann das dir jetzt nicht sagen. Hast du mal ein paar trockene Decken für die beiden. Die erfrieren sonst."

„Ja, warte. Ich hole sie", antwortete der Pfarrer und lief eilends in seine Stube. Gleich kehrte er zurück und reichte Bartholomäus die Decken. Dieser wickelte die Säuglinge wieder fest ein, die augenblicklich aufhörten zu schreien und nur den Daumen in den Mund steckten und fröhlich nuckelten. Bartholomäus blickte den Pfarrer an.

„Was ist denn mit dir los? Du zitterst ja am ganzen Leibe."

„Desdomina ist tot", brach es aus ihm heraus. „Sie starb vor zwei Stunden bei der Geburt. Oh Gott, Tillus, ich habe sie geliebt und jetzt ist sie tot. Aber ich kann die beiden unmöglich aufziehen. Ich muss in den Krieg. Das hat der König angeordnet. Oh Gott, Tillus, ich weiß nicht mehr weiter", schluchzte Bartholomäus und sank auf die Knie. Sein ganzer Körper bebte während die Tropfen auf den Boden fielen und um ihn eine Pfütze entstand.

„Verzweifle nicht, mein Sohn. Gott wird dir beistehen und dich auf den richtigen Weg lenken. Du brauchst keine Angst zu haben, wenn dein Herz stets rein und gläubisch bleibt", versuchte Pfarrer Tillus ihn zu beruhigen.

„Kannst du sie nicht aufnehmen? Wie soll ich denn zwei Kinder durchfüttern, wenn ich im Krieg bin?

Aber du könntest sie doch unter Gottes Ehrfurcht aufziehen, sonst sterben sie jämmerlich." Tillus antwortete nicht. Er überlegte, wie das auf die Gesellschaft wirken würde, wenn ein Pfarrer zwei Kinder hätte. Doch im selben Moment kamen ihm diese Gedanken lächerlich vor, denn Gott würde es nicht wollen, dass er mit ruhigem Gewissen Bartholomäus wieder wegschickt, ohne die beiden Säuglinge dazubehalten und damit eine ehrvolle Tat zu verrichten. Noch einmal blickte er zweifelnd auf den jungen gottesfürchtigen Mann hinab, ehe er antwortete:

„Ja." Seine Stimme kam ihm irgendwie fremd und anders vor, weil sie nun nicht mehr anmutig und fest, sondern etwas ängstlich war. „Ja, ich werde sie aufnehmen. Gott will es so. Es wäre nicht gerecht, wenn ich sie sterben lassen würde. Überlasse sie mir, Bartholomäus. Ich werde mich gut um sie kümmern und für dich beten. Auch für deine Frau – Desdomina. Sie ist jetzt im Himmel und wird dich und deine Kinder beschützen. Denn Gott steht uns allen bei, das glaube mir", flüsterte Pfarrer Tillus.

„Ich danke dir", rief Bartholomäus und umarmte den Pfarrer. „Ich wusste, dass du der Einzige bist, den ich darum bitten könnte. Ich liebe die beiden so sehr, dass es mir in der Seele weh tut sie zu verlassen. Aber so ist es das Beste. Mit diesem Wissen kann ich in den Krieg gehen und dort beruhigt sterben, denn das werde ich."

Stille trat ein. Lange standen sie so da und umarmten sich. Ließen ihren Schmerz in einem spannungsvollen Schweigen aus, bis sie die Verbindung lösten und einander tief in die Augen schauten.

„Danke, mein Herr. Ich danke dir, du hast mir meine Seele geheilt und mein Herz zusammengehalten, dass es nicht auseinanderreiße. Danke", sagte Bartholomäus und gab dem Pfarrer zum Abschied die Hand. Dann drehte er sich um, küsste noch einmal seine Söhne und lief dann zur Tür. Er hatte sie bereits geöffnet, als Tillus rief:

„Hast du einen Namen für die beiden?"

Bartholomäus drehte sich um und blickte traurig zurück.

„Nein. Aber es sind zwei Jungen. Desdomina hat sich einen Jungen gewünscht, den sie Antonius nennen wollte. Vielleicht kannst du einen der beiden nach ihrem Willen so nennen. So kann ich ihr gedenken, wenn ich an ihn denke."

Pfarrer Tillus nickte fügig und blickte Bartholomäus traurig nach, als dieser in den strömenden Regen lief und die Tür hinter sich schloss.

Wieder kehrte Stille in das alte Gemäuer ein. Nur das leise, gleichmäßige Atmen der Babys und der pfeifende Wind waren zu vernehmen. Stocksteif stand Pfarrer Tillus da und ließ die Eindrücke der Umgebung auf sich wirken, nicht wissend, ob er träume oder wach sei. Plötzlich begann eines der Säuglinge zu schreien und schreckte ihn somit aus seiner Trance, wobei er nach vorne stolperte und gegen eine Bank stieß. Sofort richtete er sich wieder auf, nahm die schreienden Babys in die Arme und brachte sie hinter in seine bescheidene Wohnung.

„Shh. Gleich bekommt ihr etwas. Shh", flüsterte er. Sanft legte er sie auf sein Bett und setzte sich auf einen Stuhl daneben. Leise summte er ein Lied, worauf die beiden nach einiger Zeit einschliefen – nuckelnd.

Die Sonne stand schon weit oben am Himmel als Pfarrer Tillus erwachte, sich noch immer auf dem Stuhl neben dem Bett fand, auf dem die Zwillinge ruhig und fröhlich schliefen und nach wie vor überlegte, ob alles vielleicht nur ein Traum gewesen war. Doch wie kämen dann die beiden Säuglinge auf sein Bett? Es war ja nicht ungewöhnlich, dass Frauen im Kindbett starben oder Männer zum Dienst für das Königreich gerufen wurden. War es also tatsächlich wahr? Lange kreisten diese Gedanken in Tillus' Kopf. Erst als eines der Babys wieder anfing zu schreien, woraufhin das Zweite mit einstimmte, besann sich Tillus und fütterte die Kleinen.

Gegen Mittag kam die höchste Bedienstete des Königspaares zu ihm, um ihre Beichte abzulegen.

„Pfarrer Tillus? Seid Ihr da? Ich bin's Soraja. Ihr wisst doch, dass ich jeden Tag um diese Zeit meine Beichte ablegen möchte", rief sie mit sanfter Stimme. Soraja war eine junge, schlank gebaute Frau mit langem, dunklen Haar, das sie zu einem Zopf gebunden hatte. Ihr weißes Kleid betonte ihren anmutigen Körper an jeden Stellen und Rundungen und ließ die blasse, leicht gerötete Haut leuchtend hervortreten.

„Oh, mein gutes Kind. Es ist schön, dass du da bist. Ich habe dich schon erwartet. Komm, erzähle mir, was du auf dem Herzen hast", sagte Pfarrer Tillus und legte einen Arm um ihre Schulter, um sie zum Beichtstuhl zu geleiten.

„Ich habe heute wieder eine schwere Sünde begangen, Tillus. Wie jeden Morgen wollte ich zur Königin ins Gemach, um das Bett zu lüften und sie zu wecken, da fand ich sie darin nicht allein, sondern gemeinsam mit einem jungen Knaben, der sie fest umschlungen hielt. Ich habe hingesehen, Herr. Ich habe mir alles angesehen, welch Sünde! Bitte vergebt mir, Herr, ich werde das nächste Mal besser darauf achten, wann ich in ihr Gemach komme und ob sie jemanden bei sich hat", bebte Sorajas ängstliche Stimme.

„Der Herr vergibt dir, Soraja. Du bist eine ehrfürchtige Christin. Bleibe so, dann wird dir Gott auch immer vergeben", riet Pfarrer Tillus. Plötzlich fing eines der Babys an zu schreien.

„Was war das? Habt Ihr das auch gehört, Herr?", fragte Soraja.

„Was? Ich habe nichts gehört. Von was redest du mein Kind?", antwortete der Pfarrer, besann sich aber sogleich und stand auf. Soraja erhob sich ebenfalls und lief mit schnellen Schritten auf die Hintertür zu, die zu seiner Wohnung führte.

„Soraja, warte! Ich muss dir jetzt etwas beichten. Bitte erhöre mich", bat Tillus und stütze sich auf eine Bank. Sein leicht faltiges Gesicht wirkte fahl und müde und seine trüben Augen blickten bittend in ihr junges Gesicht. Seine schlanke Gestalt wurde durch einen Talar verdeckt und sein schwarzes Haar ergraute schon an einigen Stellen.

Soraja drehte sich um und sah ihn fragend an. Dieser treue und gottesehrfürchtige Mann hatte etwas zu beichten? Wie konnte das sein, wo er doch ihr Vorbild all die Jahre gewesen war.

„Gestern Nacht kam ein Mann zu mir - Bartholomäus ist sein Name. Seine Frau - Desdomina - starb letzten Abend bei der Geburt seiner zwei Söhne. Verzweifelt stand er völlig durchnässt auf meiner Türschwelle und bat mich die Kinder anzunehmen, weil er in den Krieg ziehen muss und sie sonst sterben müssten." Eine kurze Stille trat ein und Soraja blickte ihn weiterhin nur stumm an. „Nein, mein Kind, das konnte ich nicht tun. Gott hätte mich nicht auserkoren, wenn ich solch Gräueltat mit ansehen würde. Deshalb versprach ich Bartholomäus seine Kinder wohl zu erziehen und zu ernähren. Ich gab ihm mein Wort, Soraja, und das werde ich halten", sprach Pfarrer Tillus mit fester Stimme.

„Wo sind sie? Die armen Dinger müssen doch unglaublichen Hunger haben", fragte sie und lief eilends in seine Stuben. Dort lagen sie weinend und zappelnd. Unter ihnen war eine flüssige Lache von etwas unerträglich Riechendem. Soraja fasste sich an der Nase und stürmte zum Fenster, das sie sogleich weit öffnete, um frische, warme Luft einströmen zu lassen.

„Oh, ihr Armen. Ihr seid ja ganz nass. Was habt ihr denn da nur gemacht?"

„Ich würde sagen, dass sie sich entleert haben. Warte ich helfe dir", meinte Tillus. Gemeinsam wickelten sie die beiden Säuglinge neu und legten sie erneut auf das Bett, das sie vorher gereinigt hatten.

„Habt Ihr etwas zu essen für die Kleinen?"

„Ja, ich hole etwas", antwortete der Pfarrer und füllte anschließend die kleinen Mägen.

„Pfarrer Tillus?"

„Ja."

„Wisst Ihr denn schon, welche Namen die beiden bekommen sollen?"

„Nein, das weiß ich nicht, aber ich werde schon welche   finden."

Eine kurze Stille trat ein, in der beide die kleinen Babys betrachteten, die wieder ruhig schlafend auf dem Bett lagen.

„Ich muss offen zu Euch sein, Herr." Pfarrer Tillus blickte sie fragend an und nickte, was ihr zeigte, dass sie weiterreden konnte. „Die Königin wird niemals ein Kind bekommen können. Sie versuchen es schon über sieben Jahre, dass sie schwanger wird, aber sie schaffen es nicht. Doch das liegt daran, das hat der königliche Arzt festgestellt, dass die Königin sehr oft krank war und sich deshalb etwas nicht richtig entwickelt hat. Ihr, Pfarrer, habt nun zwei Kinder. Bartholomäus wollte, dass sie ordentlich erzogen werden. Das war sein Wunsch. Aber welches Kind könnte besser aufgezogen werden, als ein Königskind? Die Königin und der König würden sich sicherlich sehr gut um den Kleinen kümmern", sagte Soraja verlegen und blickte zu Boden, weil sie solch dreiste Gedanken vor dem Herrn Pfarrer äußerte. „Es ist nur so: Ich werde nichts gegenüber meiner Herrin und meinem Herren sagen, wenn Ihr es mir nicht erlaubt. Doch dann hättet Ihr nichts mehr zu befürchten und könntet weiterhin ehrfürchtig und strebsam leben."

„Mir ist durchaus bewusst worauf du hinaus wolltest und du hast recht. Wo könnte ein Kind besser aufwachsen als beim königlichen Paar? Überbringe deiner Herrin die Nachricht, aber lass es letztendlich ihre eigene Entscheidung sein. Sprich bedacht, aber sage die Wahrheit. Es ist die Entscheidung unserer Königin, welch Schicksal die beiden ereilen soll", sprach der Pfarrer streng und senkte leicht den Kopf, wobei er stets den Blickkontakt hielt. „Geh' jetzt, sonst fragt man sich, wo du bleibst."

„Danke, mein Herr. Ich werde gehorchen und die Nachricht überbringen", antwortete Soraja während ein Lächeln ihre Lippen umspielte.

Bereits am frühen Nachmittag kam die Königin in bürgerlicher Kleidung zu Tillus. Er erkannte sie erst gar nicht, weil sie schon fast ein gesamtes Jahr nicht mehr aus dem Palast gekommen war.

„Pfarrer Tillus, ich möchte Euch gern sprechen." Die Königin war eine große, schlanke Frau mit wunderschönen blauen Augen und rosaroten Wangen. Auch ihr Gesicht erschien unheimlich blass, wodurch jedoch die leuchtend blauen Augen noch mehr zur Geltung kamen. Ihr blondes, welliges Harr hing über die Schulter und endete erst an der Hüfte. Selbst in diesem fahlen Licht konnte Tillus eindeutig die zarten roten Lippen erkennen, die ein freundliches Lächeln hervorzauberten.

„Oh, Ihr seid es, meine Königin", staunte Pfarrer Tillus und verbeugte sich tief. „Ich hatte nicht so schnell mit Euch gerechnet, aber es soll mir natürlich stets recht sein."

„Danke, Tillus. Aber Ihr müsst Euch vor mir nicht verbeugen denn ich sollte diejenige sein, die das tut." Und mit diesen Worten ging die junge Königin auf die Knie und küsste die Hand des Pfarrers. Dieser stand nur verlegen da und wagte sich nicht seine Hand wegzuziehen, so sehr er auch das Bedürfnis dazu gehabt hätte.

„Soraja hat mir die Nachricht überbracht, die Ihr ihr aufgetragen habt. Und ich weiß, was sie Euch gebeichtet hat, aber ich möchte, dass Ihr es versteht. Mein königlicher Ehemann und ich können keine Kinder in die Welt setzen. Wenn dies jemand erfährt, dann wird das Volk misstrauisch und wir verlieren an Autorität. Deshalb haben wir uns nur noch eine Hoffnung gegeben: Ich versuche es mit einem kräftigen Jüngling. Vielleicht hat er die Macht uns ein Kind zu schenken. Doch das erfahre ich erst in einigen Monaten. Deshalb bitte ich Euch, Pfarrer Tillus, überlasst mir eines Eurer Kinder, sodass ich es aufziehen kann. Wir werden für immer in Eurer Schuld stehen und Euch alle kosten, die Ihr für das andere Kind habt, bezahlen, damit es gut und gesund aufwächst. Ich flehe Euch an. Nur Ihr könnt mir noch meine Ehre retten, selbst wenn ich Euch diese jetzt gebe", flehte die Königin und hielt des Pfarrers Hand.

„Steht auf, meine Königin. Ich weiß Eure Tat sehr zu schätzen und willige selbstverständlich ein, denn auch Gott würde nicht wollen, dass sich Euer Volk gegen Euch wendet. Kommt, ich zeige Euch die beiden Kinder." Und mit diesen Worten führte er die Königin in sein bescheidenes Gemach, in dem noch immer die Säuglinge fest umwickelt lagen.

„Sie sind so winzig und zerbrechlich und so leicht verletzlich", sagte die Königin beim Anblick der Babys und versuchte sich vorzustellen, wie solch ein kleines Ding in ihr wäre. Bei diesem Gedanken kamen ihr die Tränen und sie wendete sich ab. Doch Pfarrer Tillus wusste genau, was in dieser Frau jetzt vorging. Er streichelte ihre Schulter und setzte sie auf den Stuhl neben dem Bett.

„Es ist so unwahrscheinlich schwer sich damit abzufinden. Beinah unerträglich", schluchzte sie. „Wir wollten schon Soraja bitten. Sie kann bestimmt Kinder bekommen und Franziskus wäre nicht abgeneigt gewesen, wenn er einige Nächte mit ihr verbracht hätte. Dies wäre dann die letzte Möglichkeit gewesen – doch um Sorajas Willen habe ich mich schon beim bloßen Gedanken daran geschämt und es als ungerecht ihr gegenüber empfunden. Aber nun brauche ich diese Gedanken ja nicht mehr. Ihr habt uns gerettet, Tillus. Ihr ganz allein und dafür danke ich Euch." Die Königin verbeugte sich vor dem Pfarrer, hob eines der Kinder und verschwand aus der kleinen Kirche.

„Nun sind nur noch wir beide hier, Antonius. Ich hoffe, du kannst ihn irgendwann einmal wieder sehen. Vielleicht bin ich dann nicht mehr da", sprach Tillus leise zu seinem Sohn und küsste diesen auf die Stirn.

Im Palast des Königpaares herrschte wilde Aufregung, denn jeder hier erfuhr nun, dass die Königin ein Kind geboren hatte. Fast ein ganzes Jahr war sie kaum aus ihrem Gemach heraus gekommen. Sämtliche Bediensteten glaubten sie sei schwer erkrankt, doch nun erfuhren sie, dass ihre Herrin schwanger gewesen war.

Spät in der Nacht, als sich alles wieder beruhigt hatte, saßen der König und die Königin noch am Bett ihres Kindes.

„Er ist so niedlich und klein, findest du nicht auch, Franziskus?"

„Ja, er wird sicher mal ein richtig starker Kämpfer und kann uns würdig vertreten. Wie willst du ihn nennen, Arnika?"

„Ich weiß nicht so recht. Es gibt so viele Namen von denen nur einige außergewöhnlich klingen. Den ganzen Tag überlege ich schon, aber mir ist noch keiner eingefallen", murmelte Arnika leise und streichelte dem Kind die Stirn.

„Ich hätte da einen Vorschlag, meine Liebe. Willst du ihn dir anhören oder möchtest du dir selbst einen überlegen?"

„Nein, sprich", forderte die Königin Arnika mit einem zarten Lächeln auf den Lippen.

„Syrius."

„Syrius?"

„Ja, es gab mal einen meiner besten Generäle, der so hieß. Ich weiß nicht, ob du ihn gut findest." Franziskus schaute in ihr fragend zweifelndes Gesicht. „Ach, weißt du. Es war wirklich keine gute Idee. Lassen wir das. Überlege dir einen und den nehmen wir dann."

„Aber nein", rief Arnika leise und richtete sich sogleich in ihrem Sessel auf. „Ich finde den Namen sehr passend für einen zukünftigen Prinzen. Syrius ist ein sehr schöner Name. So nennen wir ihn." Sie stand auf, ging zu ihrem Mann und reichte ihm die Hand. Er stand auf und folgte ihr in den flauen Abendwind, der sie langsam zum Bett führte.

II. Ein Toter und ein Geständnis

Siebzehn Jahre waren vergangen seit der Krieg in Griechenland auf der Insel Zakynthos sein Ende gefunden hatte. Siebzehn lange Jahre, in denen König Franziskus und seine Gemahlin Königin Arnika zusammen das Land und die Stadt Zakynthos regierten und in Frieden und Freiheit lebten.

Syrius war zu einem stattlichen jungen Mann heran gewachsen. Er hatte viele Dinge gelernt und war stets wissbegierig, wo immer er auch hinkam.

Auch heute, an einem wunderschönen, sonnigen Tag, übte er auf dem Kampfplatz mit dem Schwert umzugehen, wobei er ein sehr geschicktes Handwerk hatte. Sein maskuliner, gut gebauter, schlanker und kräftiger Körper, der bereits von der Sonne gebräunt war, bewegte sich schnell und lautlos über das tiefgrüne, saftige Gras. Seine feuerroten Haare leuchteten im Sommerlicht und die grünen Augen strahlten fröhlich in den Tag.

„Wenn doch nur immer so schönes Wetter wäre, dann könnten wir den ganzen Tag draußen üben und reiten und überhaupt gar nicht mehr hinein gehen. Findest du nicht auch, Kurius?", rief Prinz Syrius seinem besten Freund heiter entgegen.

„Ja, aber dann hätten wir gar keine Zeit für die Bibliothek und alles. Wir könnten ja kaum lesen, weil wir immer nur hier sein würden. Glaubst du, dein Vater würde das erlauben?"

„Nein, aber gerade deswegen ist es ja so toll mal wieder draußen zu sein. Los, versuch mich doch zu fangen", grinste Syrius und rannte davon, woraufhin auch Kurius eilends hinterher rannte.

„Du kriegst mich nicht, du kriegst mich nicht", lachte der junge Prinz. Doch schon nach kurzer Zeit hatte Kurius ihn gefangen und sie tummelten sich auf dem Rasen.

„Syrius, wo seid Ihr?", rief eine weibliche, sehr bekannte Stimme. „Eure Mutter erwartet Euch zum täglichen Unterricht in die Bibliothek. Also treibt mit mir keinen Schabernack. Wo habt Ihr Euch versteckt?" Eine etwas älter aussehende Soraja kam um die Ecke des Gartens und erblickte die beiden jungen Männer, die nun still über einander lagen und sie ansahen.

„Syrius. Wie oft soll ich Euch denn noch sagen ... ach, das wisst Ihr selbst. Kommt, Eure Mutter wird sowieso schon sehr ungeduldig sein", forderte Soraja streng. Ihr Gesicht war noch immer blass und ihr Haar noch immer in festem Zopf, nur einige Falten waren hinzugekommen. Doch nun trug sie kein weißes, sondern ein dunkelgrünes Kleid, das sie sehr edel wirken ließ.

„Ja, ich weiß, Soraja. Mutter ist immer so bedacht darauf, dass ich auch immer zum Unterricht komme. Sie lässt mich ja nicht einmal an so einem wunderschönen Tag draußen. Dabei fände ich das viel besser", grinste Syrius und folgte seiner Amme. „Warum macht sie das eigentlich immer? Ist kämpfen denn nicht wichtig für sie?"

„Wisst Ihr, ich glaube Eure Mutter möchte nur, dass Ihr später ein guter Nachfolger von ihr und Eurem Vater werdet. Sie kannte mehr als einen Herrscher, aber keiner gefiel ihr so, wie Euer Vater. Und wisst Ihr warum?" Syrius schüttelte den Kopf. „Weil er ein gerechter, ehrwürdiger Mann ist, der stets das beste für sein Volk will. Eure Mutter bewundert das sehr an ihm, denn sie hat Tyrannen und grausame Herrscher kennen gelernt, die sie mit solchem Hasse verabscheut, dass sie auf keinen Fall möchte, das Ihr so jemand werdet."

„Das erklärt, warum sie mir jeden einzelnen Herrscher vorführt und lehrt, was gut und was schlecht an ihm ist. Gestern zeigte sie mir Agamemnon und über ihn sagte sie: ‚Agamemnon ist ein betrügerischer, machtsüchtiger Mann, der mehr einem Tyrannen als etwas Anderem gleicht.' Tja, manche Sachen merke ich mir, aber leider nicht alles", sagte Syrius und trat in die Hintertür ein. Schmale Wendeltreppen führten weit hinauf, bis die beiden durch einen Gang zu Syrius' Gemach kamen.

„Ihr müsst Euch waschen, Herr und vor allem andere Kleidung anziehen, sonst schickt Euch Eure Mutter gleich wieder zurück", riet Soraja und gab dem Prinzen einen kleinen Schubs nach vorne, sodass er freiwillig bis zur Waschschüssel lief.

„Da bist du ja endlich. Wo hast du dich nur wieder herumgetrieben? Ja, ja ich weiß, das Wetter ist heute sehr gut und du hast mit Kurius geübt. Aber trotzdem darfst du unsere gemeinsamen Unterrichtsstunden nicht vergessen. Du weißt, dass sie mir sehr wichtig sind", sagte Königin Arnika und gab ihrem Sohn einen Kuss auf die Stirn.

„Ja, das weiß ich. Aber du weißt auch, wie gern ich draußen bin. Na ja, fangen wir an?"

„Was hast du dir von Agamemnon gemerkt?"

„Er ist einer der schrecklichsten und brutalsten Herrscher von Griechenland. Er erobert alle Gebiete, die er haben will und kümmert sich dabei um keinen Tropfen

Blut. Na ja, und dann hat er-", erzählte Syrius. Doch plötzlich schlug die Tür auf und Soraja stand zitternd da.

„Schnell, kommt, meine Herrin. Eurem Mann geht es nicht gut. Er hat gerade noch mit mir geredet, als er plötzlich umfiel und röchelte. Schnell, kommt", rief sie aufgeregt und stürmte wieder den Gang entlang. Königin Arnika und Prinz Syrius rannten ihr schnell hinter her. Als sie ihm Gemach des Königs ankamen, lag dieser bleich und fahl im Bett. Seine Hände umklammerten die Decken und seine Zähne bissen heftig aufeinander. Er zitterte am ganzen Leib.

„Was hat er? Was ist mit ihm passiert? Wisst Ihr schon genaueres, mein Herr?", fragte Arnika den Arzt, der das Ohr fest auf des Königs Brust gepresst hatte und seinen Herzschlag testete.

„Ich glaube, er hatte etwas mit dem Herz und der Lunge. Gott wird ihn nicht mehr lange hier lassen, meine Herrin. Veranlasst, dass der Pfarrer herkommt und ihn segnet. Ich kann nichts mehr für den König tun. Da helfen nur noch Gebete, meine Königin", sprach der königliche Arzt und verbeugte sich tief.

„Soraja, lauf schnell zum Pfarrer und hole ihn her", rief Königin Arnika hastig.

„Nein, warte. Ich werde gehen, Mutter. Ich kann viel schneller rennen als Soraja. Lass mich gehen", bat Syrius und rannte aber schon los, ohne auf die Antwort der Mutter zu warten. Soraja starrte die Königin an, die ebenfalls wie erfroren den Atem anhielt. Die ganzen siebzehn Jahre hatten König, Königin und Prinz einen eigenen Pfarrer gehabt, der immer im Palast verweilte. Doch jetzt konnte er ihnen nicht mehr helfen, da er eine Woche zuvor gestorben war. So hatte das Königspaar stets vermieden Syrius die Wahrheit zu sagen und beließen ihn immer im Glauben es sei ihr eigener Sohn.

Syrius rannte die Straße hinunter, dann rechts und wieder links. Bis er die kleine Kirche mit der großen schweren Tür erreichte. Hastig öffnete er diese und kehrte in das Gotteshaus ein. Schnellen Schrittes durchquerte er den schmalen Gang, bekreuzigte sich vor der Statue Jesus und klopfte an die Hintertür. Er wartete bis er Schritte hörte. Dann klopfte er erneut.

„Ich bin gleich da", sagte eine dumpfe, doch seiner Stimme ähnliche Stimme. Mit einem Schwung öffnete der Mann die Tür und blickte in das Gesicht seines unbekannten Bruders.

Syrius vergaß mit einem Mal, warum er eigentlich hier war und starrte nur in sein Gesicht. Wie konnte das sein? Dieser Mann hatte das gleiche Gesicht! Stumm betrachteten die beiden jungen Männer einander und spekulierten, ob dies die Wahrheit war, oder ob Gott ihnen gerade einen Streich spielte.

„Bitte kneift mich, mein Herr", bat Syrius, worauf hin Antonius dies auch tat. „Autsch, das hätte aber auch etwas weniger weh tun können", sagte Syrius verärgert, doch als er von der schmerzenden Stelle wieder aufblickte, stand da immer noch der Mann mit seinem Gesicht.

„Seid Ihr der Pfarrer von Zakynthos?"

„Eigentlich schon, mein Herr. Aber wer seid Ihr?"

„Mein Name ist Syrius und wie ist Euer?"

„Syrius? Ihr seid der Prinz?"

„Ja, ich fürchte schon, Herr Pfarrer. Aber nun sagt mir doch Euren Namen oder wollt Ihr immer nur Herr Pfarrer genannt werden?"

„Antonius, mein Herr. Mein Name ist Antonius. Darf ich fragen, wie alt Ihr seid, Herr?"

„Volle siebzehn Jahre und damit bin ich ein Mann", sagte Syrius und blickte Antonius fragend an.

„Das habe ich mir gedacht: Ich bin ebenfalls siebzehn, mein Prinz."

„Was habt Ihr Euch gedacht? Dass ich ein Betrüger bin?"

„Nein, mein Herr, das würde ich mir nie wagen. Aber habt Ihr noch nie etwas von sogenannten Zwillingen gehört? Mein Vater erzählte mir oft davon, dass eine Frau manchmal auch zwei gleichaussehende Kinder von Gott geschenkt bekommen kann und dass diese Zwillinge heißen."

„Aber mein Name ist doch Syrius und nicht Zwillinge", trotzte der Prinz.

„Ich glaube, das dies nur eine Bezeichnung für gleichaussehende Menschen ist. Sie sind ja trotzdem noch völlig verschieden und darum brauchen sie auch unterschiedliche Namen", meinte Antonius.

„Ja, ich erinnere mich. Meine Amme, Soraja, hat mir mal davon erzählt. Aber wie ist das dann möglich, dass wir zwei verschiedene Väter haben? Ich bin mir sicher, dass sie gesagt hat, dass es immer nur eine Frau und ein Mann sein kann." Überlegend ging Syrius einige Schritte zurück und setzte sich auf eine Bank.

„Da hast du recht. Aber woher sollen wir wissen, welcher der richtige ist? Meinen Vater können wir nicht mehr fragen. Er ist vor vier Jahren gestorben", sagte Antonius traurig und setzte sich neben seinen Bruder.

„Wie hieß denn dein Vater, Antonius?"

„Tillus. Pfarrer Tillus. Eigentlich ist er sehr alt geworden, fünfundsechzig Jahre, aber ich glaube, dass er nur für mich so lange durchgehalten hat und dafür danke ich ihm und Gott."

„Syrius! Dein Vater, was machst du denn nur?", rief Soraja, die durch die Eingangstür gestürmt kam und augenblicklich stehen blieb, als sich beide Männer umdrehten. „Oh."

„Soraja, ich muss es wissen Ist der König mein Vater, oder ist er es nicht?"

„Soraja, schön Euch wiederzusehen. Es ist schon etwas länger her, das wir uns das letzte Mal sahen, aber ich freue mich", sagte Antonius.

„Woher kennst du ihn, Soraja?", fragte Prinz Syrius erschrocken.

„Ich komme oft hier her, um die Beichte abzulegen, mein Prinz. Deshalb kenne ich Antonius", antwortete Soraja ruhig.

„Aber dann wusstest du, dass es mich zweimal gibt? Ich meine, dass wir zweimal existieren? Warum hast du es nie erzählt?"

„Wisst Ihr, Eure Eltern baten mich es zu verschweigen, weil es sonst möglicherweise Aufruhr unter dem Volk gegeben hätte. Der Krieg war gerade erst vorbei, deshalb wollten sie nicht noch einen."

„Aber wer ist nun der richtige Vater, Soraja", fragten die Zwillinge im Chor.

Sie wusste, dass sie ihnen die Wahrheit nicht verschweigen durfte, besonders in diesem ehrfürchtigen Gotteshaus nicht. „Keiner von beiden. Euer Vater war weder ein Pfarrer, noch ein König. Euer Vater war ein Mann, der seine Frau bei Eurer Geburt verlor und in den Krieg ziehen musste. Er übergab Euch dem Pfarrer Tillus, der Euch willig entgegen nahm. Doch die Königin konnte keine Kinder bekommen und so trennten sie Euch beide. Einer blieb beim Pfarrer und der andere kam mit in den Palast. Nur Tillus, der König und die Königin und ich wussten, was wirklich geschehen war.

Aber jetzt wisst Ihr es auch." Stille trat ein. Syrius und Antonius dachten über die gesagten Worte Sorajas nach, bis sie plötzlich sagte:

„Der König. Antonius, der König liegt im Sterben, du musst ihn noch einmal segnen. Ich bitte dich darum. Lass ihn zu Gott finden und erlöse seine arme Seele."

Die Zwillinge drehten sich um und rannten hinaus auf die Straße. Ihre leuchtend roten Haare glitzerten im Schein der Sonne. Als sie das Gemach des Königs erreichten, war die Tür verschlossen.

„Mutter lass mich rein, ich habe den Pfarrer bei mir. Er will Franziskus segnen", rief Syrius und wartete. Augenblicklich öffnete sich die Tür und die Königin ließ sie eintreten. Soraja hatte mit dem Tempo nicht mithalten können.

„Bitte, Herr Pfarrer, segnet Ihn noch ein letztes Mal, dass er in Frieden gen Himmel fahren kann", bat die Königin und geleitete Antonius zum Bett. Es war nur ein kurzer Segen, denn schon bald erlosch das Licht in den Augen des Königs Franziskus. Arnika küsste seine Stirn und seinen Mund noch ein allerletztes Mal ehe sie den sanften Forderungen von Soraja nachgab und dieser langsam folgte. Auch Syrius und Antonius verließen nach der Verabschiedung das königliche Gemach und folgten der Königin.

Erst als sie im Gemach der Königin ankamen und die Türen geschlossen worden waren nahm Antonius seine Kapuze vom Kopf und offenbarte sein grelles, rotes Haar, das ihm lang über die Schultern wallte.

„Wer?" Der Königin Arnika stockte der Atem, als sie die beiden jungen Männer betrachtete.

„Mein Name ist Pfarrer Antonius, meine Herrin. Ich bin der Sohn, den Pfarrer Tillus aufgezogen hat."

„Ich bin erstaunt, dass ihr euch gefunden habt. Na ja, irgendwann musstet ihr es herausbekommen. Ich habe Soraja nachgeschickt, damit sie euch die Wahrheit erzählt und wie ich sehe, hat sie dies auch getan. Franziskus (bei diesem Namen liefen ihr große Tränen über die Wangen) und ich durften es doch niemandem sagen, weil es keinen guten Eindruck macht, wenn eine Herrscherin niemals ein Baby zur Welt bringt. Es war unser sehnlichster Wunsch, bitte versteht das", sagte die Königin und sank in die Kissen des Sessels zurück.

„Ich glaube, dass ich das akzeptieren kann, auch wenn dann mein ganzes Leben bisher eine Lüge gewesen ist. Aber ich kann Euch verstehen, meine Königin", antwortete Antonius ruhig, aber mit Trauer in der Stimme.

„Ihr hättet es mir aber doch sagen können, als ich soweit war zu wissen wann man das richtige sagt. Mir hättet ihr doch die Wahrheit sagen können", sagte der junge Prinz.

„Aber dann hättest du lügen müssen und das wollten wir nicht. Du bist ein anständiger und gut gelehrter Christ, der nie lügen darf. Es war schon schlimm genug für uns beide die Unwahrheit zu sagen. Wir wollten dich zu einem christlichen und gerechten Herrscher erziehen, der stets das Gute möchte und fördert. Deshalb hielten wir es für ratsam dir nichts zu sagen. Aber dafür entschuldige ich mich jetzt bei dir, Syrius und hoffe, dass du mich trotzdem noch liebst." Traurig und weinend sank Königin Arnika in sich zusammen. Nur Syrius konnte ihr den Trost spenden, den sie brauchte. Selbst die Wut, die er verspürte, konnte er zügeln, um ihr Liebe zu schenken, die sie jetzt sehr nötig hatte.

III. Hades und ein Begräbnis

Vor Erschöpfung und tiefer Trauer war die Königin eingeschlafen. Aber auch Soraja blieb nicht lange wach und legte sich alsbald schlafen.

„Du kannst hier bleiben, Antonius, wenn du möchtest. Ich habe noch genügend Platz in meinem Gemach und würde mich sehr freuen, wenn du heut Nacht hier bleibst", schlug Prinz Syrius vor und schob seinen Bruder sachte durch die Tür in das Zimmer.

„Wenn Ihr meint, mein Prinz. Euer Wunsch ist mir Befehl", antwortete Antonius und verbeugte sich tief.

„Ach, du dummer...", rief der Prinz und richtete seinen Bruder sofort wieder gerade. „Ich bin dein Bruder. Also verhalte dich auch wie mein Bruder und nicht wie einer meiner Diener! Von denen habe ich genug. Freunde hingegen fehlen mir noch eine Menge!" Mit wutverzerrtem Gesicht blickte er in die Augen von Antonius. Doch plötzlich änderte sich sein Blick. „Du hast andere Augen als ich. Deine sind blau und meine grün", murmelte er staunend.

„Ja, ich weiß. Ich habe die schon immer gehabt und damit können wir uns doch noch gut unterscheiden. Meint Ihr nicht auch, Herr?"

„Das heißt: Meinst du nicht auch, Syrius?", sagte dieser mit strengem Ton. „Aber natürlich gebe ich dir recht, Antonius. So können sie uns unterscheiden." Jetzt verzauberte ein Grinsen sein junges Gesicht, er drehte sich um, schloss die Tür und lief zum Bett. Augenblicklich ließ er sich darauf fallen und machte eine Handbewegung, dass Antonius seinem Beispiel folgen sollte. Dieser zögerte ein wenig, kam schließlich aber doch dort hin.

„Stört es dich, wenn du auf der Liege neben dem Bett schläfst? Sonst tauschen wir. Ich kann schließlich immer in diesem riesigen Bett schlafen", griente Syrius.

„Nein, ich schlafe sonst immer auf dem Fußboden, da finde ich eine Liege richtigen Luxus, mei-", antwortete Antonius und unterbrach sich selbst. Er machte es sich bequem, deckte sich zu und behielt dabei immer den Prinzen in den Augen. Dieser löschte das Licht und stieg geräuschvoll schlurfend ins Bett.

„Weißt du, ich habe mich schon immer gefragt, ob ich wirklich das Kind von einem Pfarrer bin. Er hat mir nie etwas von einer Mutter erzählt und überhaupt war er doch schon so alt! Er starb friedlich mit fünfundsechzig Jahren", erzählte Antonius.

„Das ist ein sehr beachtendes Alter für einen Menschen. Gott hat ihn sehr lange am Leben erhalten. Glaubst du eigentlich, dass es Gott gibt? Ich meine, so richtig. Dass er alle Menschen beobachtet und ihnen zuhört, sie bei sich aufnimmt, wenn er sie erlöst? Glaubst du tief und fest daran, Antonius?"

Einen Moment lang war es völlig still und Syrius wollte die Frage schon wiederholen, als sein Bruder jedoch antwortete:

„Ja. Ich glaube an Gott. Ich weiß, dass es ihn gibt, dass er über uns alle wacht, uns behütet und erlöst. Er ist allgegenwärtig und steht über der ganzen Welt. Wie könnte ich die Stimme Gottes hören, wenn ich nicht fest an ihn glauben würde, Syrius. Ich bin Pfarrer. Meine Aufgabe stützt sich ganz und gar allein auf diesen Glauben."

Wieder trat ein undurchdringliches Schweigen ein. Die Dunkelheit, die sie beide umfing schien sich zu verändern. Sie wurde bedrohlicher und schwärzer.

„Das ist gut. Dann weiß ich, dass du nur mein Bruder sein kannst und niemand anderer. Denn auch ich glaube von ganzem Herzen an Gott und seine Beständigkeit", sagte der Prinz leise in die Dunkelheit. Ein flauer, kalter Wind und der Geruch von Tod strömte durch den Raum und berührte sanft die Haut der beiden Männer. Die pechschwarze Dunkelheit verfinsterte sich noch mehr, sodass nun nicht einmal die Silhouette der eigenen Hand zu erkennen war. Die gesamte Umgebungstemperatur kühlte sich drastisch ab und die Geräusche der Nacht verstummten augenblicklich.

„Was war das, Syrius?", fragte Antonius ins Dunkel hinein. Doch noch ehe dieser antworten konnte drang ein entsetzlicher Schrei an ihre Ohren und ließ ihre Glieder erstarren. Kurze Zeit später erklang der gleiche markerschütternde Schrei, der die tiefe Schwärze auflöste und in Nebel verwandelte, der sich mit jedem Atemzug mehr und mehr lichtete.

Syrius fand sich als erster wieder, sprang aus dem Bett und zerrte Antonius hinter sich her. Sie stürmten durch die Tür, den Gang entlang und erreichten nur Sekunden später die Tür zum Gemach der Königin. Wieder ertönte der Schrei, doch diesmal war er lauter und hinter dieser Tür. Syrius riss sie auf und rannte in das Zimmer. Doch starr vor Entsetzen blieb er wenige Schritte hinter der Tür stehen. Ein Mann. Ein großgewachsener Mann mit blauer Haut und flammenden Haaren stand in der Mitte des Zimmers. Seine gelben Augen quollen aus dem kantigen Gesicht und in seinen Händen, die lange, knochige Finger hatten, hielt er das

Nachtgewand der Königin, die nackt und regungslos auf dem Bett lag.

„Wer seid Ihr?", rief Syrius. Der Fremde wandte seinen Blick auf Syrius, den er zuvor gar nicht beachtet hatte. Ein fieses Lächeln umspielte seine dunkelblauen Lippen und jetzt wirkten die Augen noch abschreckender.

„Wer ich bin? Ha, ha, ha", lachte der Mann, wobei seine Lache durch sämtliche Glieder von Syrius fuhr. „Dumme, kleine, menschliche Kreatur. Dir wurde wahrscheinlich nichts wichtiges beigebracht, deshalb will ich mich dir gern vorstellen: Mein Name ist Hades – Herr der Unterwelt und Behüter aller toten Seelen." Reflexartig schluckte Syrius und starrte Hades an. Sofort stürzte Antonius vor und hielt Hades ein Kreuz ins Gesicht, doch dieser konnte darüber nur weiter lachen. „Ich bin nicht der Satan, nur weil ich aus der Tiefe komme. Mein Revier ist nicht die Hölle. Also lasse dieses unnütze Gefuchtel. Es bringt dir ja sowie so nichts." Er schlug Antonius das Kreuz aus der Hand und brachte ihn damit zu Fall.

„Was wollt Ihr, Hades? Warum seid Ihr hier? Und mein Gott, warum entblößt Ihr meine Mutter?", fragte Syrius, noch immer entsetzt und lief schnell zur Königin, um ihr eine Decke überzustreifen.

„Nun gut, wenn du mich so offen fragst, will ich dir natürlich auch ganz offen eine Antwort geben: Ich erweitere mein Reich. Mein Reich der Finsternis", zischte Hades. „Überlasse mir dein Königreich und ich werde dir nichts tun. Bist du jedoch gegen meine Herrschaft über diese Insel und dieses Land, so wird mir nichts anderes übrig bleiben, als dich und deinen Freund zu töten. Ich gebe dir ganze drei Monate Zeit, um darüber nachzudenken." Blitzschnell und für menschliche Augen nicht erkennbar ging er zum Bett und hob die Königin in seine Arme, wobei die Decke herunter fiel. „So lange werde ich deine Mutter als meinen Gast ansehen. Sende mir einfach ein Nachricht über dieses Amulett. Küsst du es, leuchtet es grün auf und ich weiß, dass du einverstanden bist. Versucht du es aber zu zerstören – und ich sage dir es ist unzerstörbar – dann weiß ich, dass du gegen mich bist und es leuchtet rot auf. Doch dann wirst du sie nie wieder sehen, weil ich sie dann töten werde. Hast du mich verstanden?" Hades' Augen funkelten voller Hass und Selbstsucht.

Syrius stockte der Atem, sodass er lediglich leicht nicken konnte.

„Ach, im Übrigen braucht ihr die Kirche doch jetzt nicht mehr und da dachte ich mir, dass es doch sehr schade wäre, wenn der heilige Kelch Jesus so nutzlos hier herum steht. Deshalb werde ich ihn mir jetzt als kleines Souvenir mitnehmen. Ich hoffe, ihr seid mir deswegen nicht böse. Wir sehen uns in drei Monaten, entweder tot oder lebendig", sagte Hades, winkte und verschwand. An seiner statt war nur noch Luft und leerer Raum. Syrius starrte auf den leeren Fleck und fiel kraftlos auf das Bett. Auch Antonius hatte erhebliche Mühe wieder auf die Beine zu kommen und zu seinem Bruder zu laufen. Beide schwiegen und lagen nur schwach in den weichen Kissen.

„Was sollen wir jetzt nur machen? Ich weiß doch gar nichts vom Regieren. Wie sollen wir denn gegen diese Kreatur ankommen?", fragte Syrius zweifelnd. Doch Antonius antwortete nicht mehr. Er war bereits vor Erschöpfung eingeschlafen und lag gleichmäßig atmend auf dem Bett.

„Antonius, du musst sofort aufstehen!", rief eine männliche Stimme aufgeregt. „Antonius, steh auf!"

„Was ist denn nur los?", fragte dieser träge als er in aller Frühe die Augen aufmachte.

„Was los ist? Mein angeblicher Vater ist gestern gestorben, wobei ich erfahren habe, dass ich doppelt vorhanden bin. Meine Mutter wurde von irgendeinem gestörten Mann entführt und jetzt stürmen die Bürger den Palast, weil sie wissen wollen, wo zum Henker der König und seine Gemahlin hin sind?", rief Syrius in reger Panik.

„Die Bürger stürmen den Palast? Warum sagst du ihnen nicht, dass dein Vater tot ist und deshalb deine Mutter weinend im Bett liegt? Es ist gegen Gottes Gesetz zu lügen, aber ich bin mir sicher, dass er diese Situation berücksichtigt", erwiderte Antonius und rappelte sich auf. Schnell rannte er zum Balkon und sah nach draußen. Eine gewaltige Masse von wütenden Bürgern stand schreiend vor den Toren des Palastes. Als sie Antonius sahen, erstarrten manche, während Andere wiederum anfingen mit dem Nachbarn zu tuscheln. Innerhalb von einigen Minuten schauten alle zu Antonius auf, der erst gar nicht verstand wieso. Doch dann wurde ihm klar, dass diese Leute ihn für den Prinzen hielten und er deswegen mit ihnen sprechen musste. Langsam erhob er seinen Arm, um um Ruhe zu bitten. Die Menge verstummte allmählich und wartete auf seine nächsten Worte.

„Liebe Bürger und Bürgerinnen. Warum seid ihr so erzürnt? Habe ich euch Unrecht getan, so sagt es. Hat mein Vater Unrecht getan, so teilt es jetzt mit", sagte Antonius mit fester, kraftvoller Stimme. Niemand rührte sich. „Wie ich sehe, hat keiner von euch eine Beschwerde gegen mich oder meinen Vater. Warum also seid ihr so erzürnt?" Aus der Menge trat ein kleiner, rundlicher Mann mit langem braunen Bart und ebenso langen Haaren. Sein Hemd war kaum zu sehen und doch wusste Antonius, dass es ausgefranst und dreckig war. Dieser arme Mann lief barfuss und seine Füße waren ganz wund davon.

„Wir hörten der König sei tot. Und doch ward es uns nicht offenkundig mitgeteilt worden. Sein Begräbnis soll schon gewesen sein und doch hat niemand ein Feuer brennen sehen. Warum verschweigt Ihr Eurem Volk den Tod seines Königs? Glaubt Ihr, wir ehrten ihn nicht und wären froh über seinen Tod? Nein, das sind wir wahrlich nicht. Es gab keinen besseren König als König Franziskus", sprach der Mann und die Massen grölten laut, so dass er unterbrechen musste. Doch ehe er ein einziges weiteres Wort sagen konnte, sagte Antonius:

„Wir haben es selbst erst gestern erfahren, denn da hat es sich abgespielt. Und ich kann Euch versichern, Herr, dass wir es noch frühzeitig genug an das Volk mitgeteilt hätten. Sein Begräbnis findet heute Abend statt. Wenn Ihr Euch verabschieden wollt, so kommt. Hat er Euch Unrecht getan so bleibt daheim und freut Euch über meines Vaters Tod. Doch ganz gleich was Ihr empfindet, haltet ein und lasst diejenigen trauern, die unseren König Franziskus liebten und achteten." Mit diesen Worten drehte sich Antonius um und kehrte zurück in das Zimmer. Wahrscheinlich hatte er einen weiteren Aufstand erwartet, denn er blieb noch für einige Minuten stehen und lauschte, was draußen vor den Toren passierte.

„Wie sollen wir denn das bis heute Abend organisiert haben, Antonius? Das dauert normalerweise eine gesamte Woche!"

„Ja, aber da hattest du keinen Doppelgänger, der zugleich Pfarrer ist. Wir müssen uns nur ausmachen, wer wem Bescheid sagt, damit uns niemand zusammen sieht. Ansonsten brauche ich nur noch eine Bibel und etwas zum Anziehen. Meinst du, dass wir das hinkriegen?", fragte Antonius optimistisch.

„Ja, aber was ist mit dem anschließenden Fest nach der Bestattung? Wie sollen die Köche denn bis heute Abend für das gesamte Volk eine Tafel herrichten?"

„Ein Fest? Gott sagt, man soll bescheiden leben und seine Trauer ausleben. Es wird einfach kein Fest geben, denn das würde für Gott heißen, dass ihr euch über den Tod des Königs freut", ermahnte Antonius und blickte seinen Bruder traurig an. „Trauer braucht Zeit und Stille, kein Essen und amüsante Gesellschaft."

„...König Franziskus war ein gutherziger Mensch, der unserem Volk Jahre in Frieden und Glück verliehen hat. Er wird noch lange Zeit in unseren Herzen verweilen und wir werden immer gut an ihn gedenken. Möge Gott ihn auf den richtigen Weg geleiten und segnen. In nomine patris et filii et spiritus sancti. Amen!", sprach Antonius zur Menge, die sich unter ihm versammelt hatte. Sein Gesicht war von einer weiten Kapuze verdeckt, sodass ihn niemand erkennen konnte. Nach diesen heiligen Worten trat Prinz Syrius zum König, der auf einer Strohmatte lag und legte ihm zwei Münzen auf die Augen.

„Hiermit gebe ich dir zwei Münzen für den Fährmann, geliebter Vater. Grüße meine Mutter von mir, wir werden sie befreien", flüsterte er dem Toten zu. Nun stellte er sich neben dem Pfarrer und ließ jeden einzelnen Bürger sich von seinem König verabschieden. Traurig senkte Syrius den Kopf. Nie hätte er sich träumen lassen, dass er beide Eltern an einem Tag verlieren würde und jetzt allein das Reich regieren musste. Eine einzelne Träne rann über sein hübsches Gesicht und fiel glitzernd zu Boden. Keiner der beiden Brüder sprach. Sie ließen die Trauer stumm auf sich wirken.

Als sich jeder von König Franziskus verabschiedet hatte, trugen ihn vier Soldaten auf das hohe Gerüst und legten ihn dort nieder. Syrius stieg gleichsam empor und entzündete das Feuer, das sich schnell ausbreitete. Schweigend betrachteten das Volk, die Diener, Soraja, Antonius und Syrius wie diese Flammen einen der größten und angesehensten Herrscher von Zakynthos zu Asche werden ließen.

In der Nacht erst kehrte Syrius heim. Er hatte noch lange an den Trümmern gestanden und verzweifelt über die ganze Welt und seine Bedeutung nachgedacht. Jetzt trat er leise in sein Gemach, in dem Soraja und Antonius bereits auf ihn warteten. Müde und erschöpft von den bizarren Anstrengungen des Tages saßen sie da, sahen den Prinzen nur an und schwiegen.

„Ich habe nachgedacht", sagte er und setzte sich zu ihnen. „Ich kann diese treuen Bürger nicht an Hades ausliefern. Wisst ihr, mein Vater – der König – hatte immer Zweifel, ob sein Volk ihn wirklich so liebe, wie er es sich wünschte. Doch heute hat es mir gezeigt, dass seine Zweifel unnötig gewesen sind, weil sein Volk ihn vergötterte. Es achtet ihn als wahren Herrscher und Freund des Volkes und dafür dankt es ihm." Soraja und Antonius schwiegen, doch sie hörten ihm aufmerksam zu. „Wir müssen Hades finden, meine Mutter und den heiligen Kelch zurückbringen und ihn

zerschlagen." Seine Stimme war jetzt fest und über-
zeugend.

„Du kannst Hades nicht töten, Syrius. Er ist ein Teil
des Ganzen, was unsere Welt zusammen hält. Würde
er nicht mehr existieren, dann würden die toten Seelen
auf ewig verloren umherschwirren und nie Ruhe finden. Er darf und kann nicht zerschlagen werden", erwiderte Antonius ruhig, aber bestimmt, denn er konnte
nicht zu lassen, dass Syrius diesen hoffnungslosen
Versuch unternahm.

„Aber wie können wir ihn denn sonst aufhalten? Er
wird diese Insel mit aller Macht erringen wollen. Was
können wir denn tun? Ich werde mein Land nicht
kampflos aufgeben. Ich werde dieses treue Volk nicht
einem Tyrannen unterstellen. Das kann ich nicht, denn
dafür müsstest du mich hängen lassen."

„Wir wissen aber doch viel zu wenig über diesen
Hades. Vielleicht gibt es ja doch noch eine Möglichkeit ihn wenigstens davon abzubringen dieses Land zu
erobern. Ich kenne mich zwar nicht besonders aus,
aber möglicherweise finden wir etwas in der Bibliothek. Petrus kann uns dabei sicherlich helfen", schlug
Soraja vor, die nun gänzlich aus ihrer müden Stimmung erwacht war.

„Ja, du hast recht, Soraja. Vielleicht finden wir dort
etwas mehr heraus", antwortete Syrius, sprang auf und
lief zur Tür.

„Wo willst du denn hin?"

„In die Bibliothek, wohin denn sonst?"

„Syrius, es ist mitten in der Nacht. Du kannst jetzt
nicht einfach in die Bibliothek gehen, weil dort niemand ist, der uns helfen kann. Ich fürchte, das muss
bis morgen-", begann Antonius, wurde aber von seinem Bruder unterbrochen.

„Morgen? Morgen?", rief dieser heftig. „Hast du Hades nicht gehört? Wir haben gerade mal drei Monate Zeit ihn zu finden, meine Mutter zu befreien und ihn dazu zu bringen mein Land nicht zu übernehmen. Also hat nichts mehr bis morgen Zeit!", schrie er nun aufgebrachter und lauter durch das Zimmer. Dann drehte er sich um und verließ sein Gemach. Soraja und Antonius sahen sich an, zuckten mit den Schultern und folgten ihrem Prinzen. Dieser bog bereits in den nächsten Gang, der zu den Gemächern der Bediensteten führte. Als er dort ankam klopfte er heftig mit der Faust an die Tür, während Soraja und Antonius ihn schnaubend erreichten. Wieder klopfte er und nun bewegte sich etwas im Zimmer. Kurze Zeit später öffnete ein hagerer, groß gewachsener Mann Ende Dreißig im Schlafrock die Tür und schaute fragend nach draußen. Als er erkannte, wer da vor ihm stand, verflog jegliche Ärgernis über die nächtliche Störung und er fragte mit brummender, rauer Stimme:

„Wie kann ich Euch helfen, mein Prinz?" Dabei verbeugte er sich tief und wartete auf die Antwort. Doch es war nicht der Prinz, der ihm diese gab, sondern Antonius.

„Wir brauchen Eure Hilfe, mein Herr. Es ist sehr dringend, deshalb bitten wir Euch sie uns jetzt gleich zu gewähren." Im fahlen Schein der Kerze konnte man die Ähnlichkeit kaum erkennen, doch trotzdem starrte der Mann die beiden Brüder kurz an, ehe er die Tür schloss und etwas murmelte, dass klang, als ob er sich nur noch schnell etwas anderes überziehen wollte. Im nächsten Moment trat er wieder aus der Tür, wobei er sich bücken musste, und lief in Richtung der Bibliothek. Die drei Flammen tanzten leicht im Wind und brachten seltsame Schatten auf die Wände, zwischen denen sich die vier Personen fortbewegten.

Antonius wusste nicht, wie lange sie schon durch Gänge gelaufen und Treppen gestiegen waren, als sie endlich vor den Flügeltüren der alten Bibliothek standen. Leise klapperten die Schlüssel, mit denen der hagerere Mann das Schlüsselloch zum klicken brachte, ehe er in den riesigen Saal eintrat. Sofort kam Antonius der Duft von alten Büchern und Pergament in die Nase.

„Wonach sucht Ihr, mein Prinz?", fragte der Bibliothekar höflich.

„Wir suchen nach einem Mann, dessen Name Hades ist. Er soll der Herr der Unterwelt sein", antwortete nun der Prinz.

„Hades. Über ihn gibt es viele Mythen und Sagen. Keiner weiß, ob es ihn wirklich jemals gegeben hat oder gibt. Aber manche behaupten ihm schon einmal begegnet zu sein. Aber bewiesen ist es nicht."

„Könnt Ihr uns etwas über ihn erzählen oder uns etwas über ihn geben, mein Herr?", fragte Soraja.

„Beides. Man sagt, er sei der Hüter der toten Seelen, die in seinem Strudel der Seelen für ewig umherschwimmen. Man sagt sogar, dass wenn man eine Seele aus diesem Strudel rettet, sie sich wieder mit dem Körper vereint und der Mensch wieder zum Leben erweckt wird. Es gibt sogar Aussagen, dass sich das Tor zur Unterwelt hier auf Erden – sogar hier in Griechenland – befinden soll", erzählte Petrus.

„Wo genau befindet sich der Eingang? Und was weißt du über das Besiegen von Hades?", fragte Syrius wissbegierig.

„Das kann ich Euch nicht sagen, mein Herr. Ich weiß es nicht. Aber ich könnte Euch einige Bücher zur Verfügung stellen, in denen Ihr die Antwort sicherlich finden werdet." Petrus drehte sich um und verschwand in einem der Gänge. Einige Male kehrte er zurück und legte einen großen Stapel Bücher auf den Tisch, der neben ihnen stand, doch all so gleich war er schon wieder zwischen den hohen Regalen verschwunden, um andere Bücher zu holen. Nach einiger Zeit kehrte er zum letzten Mal zurück und wies seine drei Besucher an sich zu setzen. Diese folgten der Geste und betrachteten Petrus wage.

„Keine Angst, Ihr müsst nicht alle vollständig lesen. In den meisten sind nur einige Seiten über Hades verfasst. Aber schon allein diese paar Seiten können kräftige Aussagen hinterlassen. Ich habe Euch bereits sämtliche Stellen markiert. Jetzt liegt es an Euch, was Ihr als nützlich erachtet und was nicht", sagte Petrus freundlich und wollte sich entfernen, als Antonius fragte:

„Wohin geht Ihr, mein Herr?"

„Ich lege mich dort hinten auf ein Bett. Wenn Ihr Fragen habt, mein Prinz, dann weckt mich und ich werde Euch weiterhelfen." Somit kehrte er ihnen den Rücken zu und huschte hinter das nächste Regal.

„Ein netter Kerl", meinte Antonius und nahm sich das erste Buch, in dem er einen Zettel fand. Soraja und Syrius taten es ihm gleich.

Stundenlang saßen sie da und lasen in den verschiedensten Büchern. Niemand sagte ein Wort, nur hin und wieder war das Geräusch einer umblätternden Seite oder ein Murmeln zu hören. Plötzlich schlug Antonius auf das aufgeschlagene Buch, das vor ihm lag, und gab ein Geräusch von sich, das zeigte wie zufrieden er mit sich war.

„Hier steht es. Endlich, ich habe es gefunden!", strahlte er und grinste die beiden anderen an.

„Was hast du gefunden? Etwas, dass wir brauchen können?", fragte Syrius.

„Ja. Hier steht klar und deutlich, wo sich das Tor zur Unterwelt befindet:

Über Hades weiß man nur sehr wenig. Einige glauben, dass er bloß ein Mythos oder Gedanke wäre, doch das entspricht nicht der vollen Wahrheit.
Ihr werdet es mir vielleicht nicht glauben, aber ich habe
Hades tatsächlich einmal getroffen, in echter Gestalt und finster wie die Unterwelt.
Vielleicht sollte ich ihn erst einmal beschreiben, damit Ihr ihn Euch vorstellen könnt. Hades ist ein großgewachsener Mann mit schmalem, langem Gesicht und ebenso langen Fingern. Seine Haut ist nicht wie unsere, sie ist blau und rau. Aus seinem schmalen, langgezogenen Gesicht schauten mich zwei hervorquellende, gelbe Augen an, die einen durchdrin-genden Blick auf mich warfen.
Auch sein Haar ist nicht herkömmlicher Art, wie wir es tragen. Sein Haar besteht aus blauen Flammen, die wirr um seinen Kopf schlagen und von denen man nicht weiß, ob sie heiß oder kalt sind.
Ich traf Hades als meine Frau starb und er ihre Seele holen kam. Gierig saugte er sie ihr aus und brachte sie davon. Doch leider hatte er mich entdeckt und wollte nun auch meine Seele mitnehmen. Stattdessen bot ich ihm meine Dienste an, die er mit Freuden entgegen nahm. Daher kann ich mit voller Bestimmtheit sagen,

dass es einen Eingang zum Reich der Unterwelt
gibt. Dieser befindet sich nicht weit von einem
Gebirge, das Pindos genannt wird und fast an der
Küste Griechenlands liegt. Vor dem Gebirge
befindet sich jedoch ein unheimlicher Wald
voller seltsamer Tiere und Pflanzen.
Er ist nicht leicht zu passieren,
weil geheime Kreaturen in ihm leben, von
denen noch niemand etwas gehört und gesehen hat.
Sie sollen aber in gigantischen Höhlen unter
der Erde wohnen und nachts heraus kommen,
um dich zu holen.
Hütet euch vor Allem, was lebt und
verlasst niemals die Wege, denn sie könnten euer
Tod sein, sodass nur noch eure toten Seelen
zu Hades in die Unterwelt gehen und
dort einen Zufluchtsort suchen.
Wenn ihr es durch den unheimlichen Wald
schafft, dann müsst ihr eine kleine Schneise
im Stein suchen, die euch in unergründliche
Tiefen der Unterwelt reißt.

Ich fand einen Weg Hades zu entkommen und
unerreichbar für ihn zu werden.
Leben. Das einzige, was Hades verabscheut ist
das Leben. Nur solange ich lebe und mich
auch wohl fühle, kann ich ihm entkommen.
Doch dazu muss ich leben erschaffen.
Nur wenn ich im Abstand von drei bis vier Jahren
Ein Kind zeuge kann ich vor ihm flüchten.
Die Kinder sind sicher, weil ich sie
jeden Tag segne und ihnen zeige, was Freude
ist. Meine Frau liebt mich und liebt ihre Kinder,
wodurch sie leben kann.

Nicht das Essen und Trinken, das Haus oder
das Geld haben den optimalen Wert des
Lebens: Nur die Liebe und das geliebt werden
können diesen Wert erfüllen.
Vor allem muss man auch die noch ehren und
lieben, die bereits tot sind.

Das sind alle Informationen, die besonders wichtig sind. Jetzt wissen wir, wo sich die Pforte zur Unterwelt befindet und wie wir Hades entkommen können", sagte Antonius erfreut.

„Wir wissen aber nicht mit Bestimmtheit, dass dieser Mann die Wahrheit sagt. Und wie sollen wir eine ganze Insel vor Hades schützen? Sollen sich alle lieben und leben? Wofür werden sie sich fragen. Ich glaube nicht, dass wir jetzt so einfach losgehen können. Ich schlage vor, dass du dieses Buch zu Seite legst und wir später noch einmal darauf zurück kommen können. Vielleicht finden wir ja noch etwas anderes in den Büchern", meinte Soraja sanft und vertiefte sich erneut in ihr Buch. Einige Augenblicke starrten sich die Brüder an, doch dann wandte sich auch Syrius wieder seiner Arbeit zu und veranlasste deshalb auch Antonius den Rat von Soraja anzunehmen und griff sich das nächste Buch.

„Ihr seht müde aus, mein Prinz", sagte eine junge Bedienstete als sie das Frühstück an sein Bett brachte. Sie war leise hineingekommen und hatte die Tür hinter sich geschlossen.

„Durchaus habe ich nur sehr wenig geschlafen, Rania", antwortete Syrius, wobei ihm immer wieder die Worte aus dem Buch durch den Kopf gingen. Liebe – hatte er so etwas jemals schon gespürt? Vielleicht empfand er diese Gefühle für seine Eltern und auch für seinen besten Freund Kurius.

„Bei den Vorkommnissen ist das auch kein Wunder, mein Herr. Ihr müsst ja völlig erschöpft sein. Ruht euch noch etwas aus, dann geht es Euch bestimmt bald wieder besser", lächelte das Dienstmädchen, wobei ihre Grübchen hervortraten. Rania war ein schlankes, zierliches Mädchen von sechzehn Jahren. Durch das weiße Kleid, das sie trug, wirkte ihre sonnengebräunte Haut noch dunkler und schöner und wurde von langen, schwarzen, glatten Haaren betont. Diese hatte Rania mit einem goldenen Band zusammengebunden, das ihr nun bis unter die Hüfte fiel. Die zarten, flinken Hände richteten das Frühstück an, wobei sie sich etwas nach vorne lehnte und damit ihre hinteren Rundungen besonders zum Ausdruck kamen.

Prinz Syrius beäugte sie von oben bis unten und je länger er dies tat, desto mehr verspürte er jetzt ein noch nie da gewesenes Verlangen nach diesem zierlichen Geschöpf. Ganz leise setzte er sich auf den Bettrand und beobachtete ihre graziösen Bewegungen, die ihn mit jeder Sekunde immer mehr anzogen. Langsam stand er auf und näherte sich ihr Stück für Stück. Sie war so in ihre Arbeit vertieft, dass sie seine Schritte nicht wahrnahm und somit kurz zusammen zuckte, als er direkt hinter ihr stand und sie leicht berührte.

„Leg das Messer aus der Hand, Rania", flüsterte Syrius ihr leise hauchend ins Ohr. Sie befolgte seinen Befehl und rührte sich nicht von der Stelle. Syrius trat nun einen Schritt zurück und öffnete ganz vorsichtig die Bänder ihres Kleides, bis es ihr vom Körper fiel und ihre weiche und zarte Haut zum Vorschein kam. Langsam und ganz behutsam küsste er die nackte Frau und streichelte sanft ihre warme Haut.

IV. Der blinde Passagier

„Syrius, bist du wach?", fragte Antonius, der gerade die Tür hinter sich schloss. Der Prinz lugte hinter dem Bettschleier hervor und bedeutete seinem Bruder still zu sein. Dann stieg er leise aus dem Bett und lief nackt durch den Raum, um sich anzukleiden.

Einen Moment später standen sie vor der Tür und liefen den Gang hinunter.

„Was hast du da getrieben, Syrius? Gestern noch konntest du alles nicht schnell genug haben und heute bleibst du bis Mittag in deinem Gemach", sagte Antonius, während sie die breite Treppe, die zur Eingangstür führte, herab stiegen.

„Eigentlich bin ich schon seit heute früh wach, aber es ist etwas dazwischen gekommen. Deshalb bin ich nicht erschienen", antwortete Syrius unsicher und schaute in eine andere Richtung.

„Wir kennen uns zwar noch nicht so lange, aber trotzdem kannst du mir alles erzählen, was dein Herz beschwert. Was genau ist dazwischen gekommen und war so wichtig, dass du sogar dein Reich dafür opfern würdest?"

„Na ja... ob es nun so wichtig war... auf jeden Fall konnte es nicht warten...", stammelte der Prinz und wurde rot.

„Was war es denn? Ich ahne etwas. Deshalb will ich dich fragen: Hast du gesündigt und... oder besser: War es wegen ...?"

„Ja, ich habe. Was glaubst du denn wer ich bin? Ich muss mich daran ja nicht halten. Ich bin ja schließlich auch kein Pfarrer. Außerdem hast du das doch heute

Nacht erst vorgelesen, oder nicht? Von wegen Liebe und so?", sagte Syrius und musste nun grinsen.

„Also hast du mit einer Frau geschlafen", flüsterte Antonius, da sie nun die überfüllte Straße entlang liefen, auf der ihnen viele Leute seltsame Blicke zu warfen, was die beiden jedoch ignorierten.

„Na, wenn du mich schon so direkt fragst, dann muss ich dir wohl auch so direkt antworten: Ja, das habe ich. Es war so merkwürdig. Ich kenne Rania schon seit über acht Jahren, aber nie habe ich etwas derartiges gespürt, wie heute früh. Sie brachte mir das Frühstück und irgendwie hatte ich dann plötzlich das Verlangen nach ihr. Ich konnte einfach nicht widerstehen", grinste Syrius und wartete auf die vorwurfsvollen Worte, die ein Pfarrer jetzt eigentlich sagen müsste.

„Und, wie war es?", fragte Antonius jedoch stattdessen, was seinen Bruder nur noch mehr zum Grinsen anregte und dieser ihm einen gespielt kritischen Blick zu warf.

„Gut, irgendwie. Nur hatte ich das Gefühl, dass Rania da ganz anderer Meinung war als ich, deshalb habe ich sie auch schlafen lassen", antwortete Syrius wahrheitsgemäß.

„Wo gehen wir eigentlich hin?", fragte Antonius, der sich schon die ganze Zeit wunderte wohin ihn der Prinz wohl führte.

„Zu einem guten Bekannten meines Vaters, der uns sicher ein Schiff zur Verfügung stellt, wenn wir unsere Reise antreten. Allerdings haben wir keine Karte, um ihm zu zeigen, wo wir hin müssen", bemerkte der Prinz und bog in eine kleine Gasse ein. An einer der Türen blieb er stehen und klopfte.

„Ja, wer da? Ach, Syrius. Euch habe ich ja schon eine ganze Weile hier nicht mehr gesehen. Schön, dass

Ihr da seid", begrüßte ein kräftiger, dicker Mann mit Schnurrbart und pummeligem Gesicht die beiden Herren. Doch als Syrius eingetreten war und Antonius hereinkam, blickte er die beiden kritisch an.

„Wir sind Zwillinge, mein Herr. Nur wussten wir das bis vor drei Tagen auch noch nicht", antwortete Antonius auf den fragenden, misstrauischen Blick des dicken Mannes, der kurze schwarze Haare hatte, die jedoch an einigen Stellen schon anfingen zu ergrauen.

„Was sind Zwillinge, mein Prinz?", fragte der Mann und wandte sich an Syrius.

„Manchmal kommt es vor, dass eine Frau zwei Kinder zur gleichen Zeit gebären kann, die dann fast oder ganz gleich aussehen", erklärte Syrius und lächelte den Mann freundlich an. „Wir sind hier, weil wir Eure Hilfe benötigen, Asterius."

„Wie kann ich Euch dienen, mein Prinz?"

„Wir müssen von hier auf das Festland kommen. Dann müssen wir das Gebirge Pindos finden und an zu dessen Fuße gelangen. Leider haben wir keine Karte, auf der wir Euch das zeigen können", bedauerte Syrius und setzte sich an einen Tisch. Antonius tat es ihm gleich.

„Das Gebirge Pindos habe ich schon einmal gehört. Vielleicht finden wir es auf einer meiner Karten. Wartet kurz. Ich hole sie", sagte Asterius und verschwand aus dem kleinen Zimmer.

Kurze Zeit später kehrte er wieder und hatte riesige Rollen Pergament in den Armen.

„Wollen wir doch mal sehen, auf welcher dieser Karten wir das Gebirge finden." Eine nach der anderen öffnete er und suchte nach dem Gebirge – erfolglos. Aber bei der vorletzten behielt er seinen Zeigefinger auf einer Stelle. „Da ist es. Ein riesiges Gebirge in der

Nähe der Küste von Griechenland. Ihr müsst von Zakynthos zum Festland und von dort durch einen ziemlich großen Wald, durch den keinerlei Wege gezeichnet sind. Wahrscheinlich ist dort kaum jemand hindurchgekommen, sonst hätte man einige Wege schon eingezeichnet."

„Gibt es noch einen anderen Weg um zum Gebirge zu kommen?", fragte Antonius und hoffte keinen grausamen Kreaturen zu begegnen.

„Nein, es gibt nur diesen Wald. Aber, warum sollte es auch so schlimm sein, durch einen Wald hindurchzugehen?", antwortete Asterius, wobei er immer misstrauischer schaute. Antonius zuckte nur mit den Schultern und schluckte kräftig, um das leichte Angstgefühl zu unterdrücken.

„Asterius, da gibt es nur ein kleines Problem: Wir haben kein Schiff, keine Mannschaft und es ist noch nichts vorbereitet", gestand Syrius mit vorsichtiger Mine.

„Was genau heißt das?"

„Ihr müsst uns ein Schiff leihen und uns dort hinbringen, denn sonst kommen wir dort niemals an", antwortete jetzt Antonius.

„Was ist Euch diese Reise wert, mein Prinz? Würdet Ihr bis in den Tod gehen? Die Überfahrt zum Festland dauert drei Wochen, in denen viel passieren kann."

„Sehr wichtig. Ich würde bis zum Tod gehen, denn das ist genau das wohin wir wollen", antwortete Syrius und blickte Asterius fest in die Augen.

„Doch bevor ich einwillige, möchte ich alles über diese Reise erfahren: Sämtliche Details, Gründe und mögliche Ziele. Einfach alles, denn ich überlege mir stets gut, wen ich auf welche Reise mitnehme", erwiderte der große Mann.

Bis in den späten Nachmittag erzählten Antonius und Syrius was wirklich vorgefallen war und was sie als nächstes tun wollten. Nach langer Überlegung willigte Asterius aber doch noch ein und versprach ihnen bis zum nächsten Morgen bei Sonnenaufgang eine startklare Mannschaft bereitzustellen. Genügend Vorräte wollten sie aus der Küche des Palastes mitbringen, genauso wie andere Mitglieder, die ihnen bei solch einer gefährlichen Reise helfen würden.

Kurz vor Sonnenaufgang des darauffolgenden Tages näherten sich Antonius und Syrius dem Schiff, das groß und eindrucksvoll am Hafen stand. Undeutliche Gestalten liefen über das Steg, das zum Deck hinauf führte. Erst als sie die Anlegestelle ganz und gar erreichten konnten sie die Mannschaftsmitglieder erkennen, die die Vorräte und sonstige wichtige Utensilien an Bord brachten. Syrius hatte den Köchen gesagt, sie sollten es noch vor Sonnenaufgang zum Hafen bringen, damit alles aufgeladen werden konnte. Antonius und sein Bruder nahmen eine der Kisten und trugen sie über das Steg an Deck, wo bereits der Kapitän auf sie wartete.

„Schön, dass Ihr schon ankommt, Syrius. Ich hatte gehofft, dass Ihr die Eigenschaft Eures Vaters nicht übernommen habt, denn dieser kam für gewöhnlich, wenn es schon fast zu spät war", begrüßte Asterius seine beiden Gäste und reichte jedem die Hand.

„Bevor Ihr weiter die Kisten mit aufladet möchte ich Euch mein bescheidenes Heim zeigen. Es ist das größte und beste Schiff, das ich zu bieten habe und ich hoffe, es genügt Euren Anforderungen für solch eine lange Reise", sagte Asterius und führte die beiden Brüder durch einige Gänge und Räume. „Hier werdet

Ihr hausen, mein Prinz. Es ist das schönste Zimmer, das es auf diesem Schiff gibt. Besonders den faszinierenden Ausblick auf die freie See kann man hier am besten bewundern. Richtet es Euch nach Eurem Gutdünken ein und sagt mir, wenn etwas fehlt, vielleicht kann ich es besorgen", meinte der Kapitän. Das Zimmer war durchaus sehr groß und lebendig eingerichtet. Vorhänge, kleine und große Schränke, Tische, Sessel, ein Sofa und viele andere Einrichtungsgegenstände waren integriert. Besonders die zahlreichen Kerzen beleuchteten den Raum auf sonderbare und verspielte Weise, die den Prinzen für kurze Zeit an seine kürzlich erst gemachte Erfahrung erinnerte und in Gedanken schweben ließ. Während er so ausharrte bemerkte er nicht, wie sich die beiden anderen von ihm entfernten und weiter zum nächsten Zimmer liefen, in dem Antonius nächtigen sollte. Es war nicht ganz so groß wie das Nebenzimmer, aber dennoch sehr gemütlich und wohnlich eingerichtet. Auch hier zog ein Himmelbett sogleich den Blick auf sich, das mit roten Vorhängen versehen war, durch die man dennoch zwei Kerzen, die am Bett montiert worden waren, sah. Doch statt der vielen Schränke waren hier vor allem die vollgestopften Regale mit den vielen Büchern vorhanden, in die sich Antonius sicherlich sehr häufig vertiefen würde.

„Das ist ein tolles Zimmer, Kapitän. Darf ich dennoch meine kirchlichen Utensilien hier aufstellen, oder mögt Ihr derartige Reliquien nicht?", fragte Antonius zögernd, der sich immer noch nicht an den großen, dicken Mann gewöhnt hatte.

„Hm", brummte dieser und kratzte sich am Schnurbart. „Ich glaube nicht, dass es Unheil bringt einen Pfarrer mit an Bord zu nehmen. Und was könnte ein Pfarrer besser als heilig sein. Richtet Euch das Zimmer so ein, dass Ihr es für heilig genug haltet, um uns möglicherweise vor Katastrophen zu bewahren." Mit diesen Worten drehte sich der Kapitän um und verschwand hinter einer der Türen, die Antonius auf dem langen Gang erblicken konnte.

'Ein seltsamer Kauz, dieser Asterius. Ich bin mir irgendwie noch nicht so sicher, ob wir ihm wirklich vertrauen sollten. Er wirkt auf mich so ganz und gar ungläubig. Vielleicht verspottet er Gott und unsere Religion sogar? Ich bete, dass er das nicht tut, sonst ist er Hades' Tor zu unseren Plänen', dachte Antonius und hegte dabei ein erheblich ungutes Gefühl in der Magengrube, die seine Sorgen hervorriefen.

„Syrius? Hochverehrter Prinz wo bist du? Du brauchst dich doch vor mir nicht zu verstecken, also sag schon: Wo bist du?", rief eine tiefe, männliche Stimme durch die Gänge.

Plötzlich lugte ein Mann um die Ecke und fiel Antonius rasend um den Hals.

„Super, dass ich dich endlich gefunden habe. Sag mal, was trägst du denn da nur für Sachen?", fragte der Mann, dessen grüne Augen im Schein der Kerzen funkelten. „Was ist denn nur los mit dir? Kennst du mich nicht mehr?"

„Verzeiht, aber Ihr müsst mich da mit jemandem verwechseln. Ich habe Euch doch noch nie im ganzen Leben gesehen", antwortete Antonius verdutzt und zu gleich schockiert. „Wer seid Ihr?"

„Was? Syrius, was soll denn das? Ich bin's, dein bester Freund Kurius. Du kennst mich schon seit ich zwei Jahre alt war, also gib deinem Kopf einen kleinen Ruck."

Doch erst jetzt dämmerte es Antonius: Kurius hatte ihn mit Syrius vertauscht und merkte gar nicht, dass nicht der Prinz vor ihm stand.

„Ihm brauchst du das nicht sagen. Sein Kopf arbeitet wohl mehr als unsere beiden zusammen", sagte Syrius, der lachend in der Tür stand. Kurius blickte die beiden nur an und beließ es bei einem fragenden Blick, denn sein Instinkt sagte ihm, dass jetzt der Richtige mit ihm sprach. Also umarmte er auch Syrius ohne ein Wort zu verlieren.

„Tja, da bist du wenigstens einmal in deinem Leben völlig sprachlos", grinste Syrius und klopfte seinem besten Freund auf den Rücken. „Dieser Mann ist mein Zwillingsbruder Antonius. Wärest du nicht immer zum Hofpfarrer gegangen hättest du Antonius schon wesentlich eher als ich kennen gelernt."

Kurius, ein großer, muskulöser und sehr kräftiger Mann mit kaum mehr als drei Haaren auf dem Kopf, blinzelte pendelnd zwischen beiden Brüdern hin und her, ehe er wieder zu Worten fand: „Ihr seid Brüder? Wie ist das möglich? Und warum hast du mir nie etwas davon erzählt?" Syrius legte einen Arm um die Schulter seines Freundes und führte ihn in sein Zimmer. Antonius entschloss sich auf Deck zu gehen, weil er gern dabei sein wollte, wenn das Schiff vom Hafen ablegt. Als er oben ankam ging die Sonne gerade hinter den Bergen des nahegelegenen Gebirges auf – feuerrot und schön.

„Herr Pfarrer, wollt Ihr mir ein wenig Gesellschaft hier oben leisten?", fragte der Kapitän, der sich bewusst darüber war, wie unbehaglich sich der dünne Mann in seiner Gegenwart fühlen musste und deshalb alles daransetzen wollte, dem Pfarrer jegliche Vorurteile auszutreiben.

Antonius blickte sich um und folgte der Aufforderung des Kapitäns. Er stieg einige Stufen nach oben und erkannte das riesige Steuerrad, das zentriert vor Asterius stand.

„Von hier kann man alles genau sehen und das sollte man auch, wenn man bedenkt, dass der Steuermann wissen muss, wo es lang geht", sagte Asterius freundlich. „Die Vorräte und die Ladung sind aufgeladen, das heißt, dass wir ablegen können. Sind alle, die Ihr erwartet an Bord?"

„Antonius! Na endlich habe ich dich gefunden. Ich konnte mich nicht mehr daran erinnern, ob wir uns in der Kirche oder am Hafen treffen. Na ja, und da habe ich mich doch für die Kirche entschieden, weil mir das logischer vorkam", rief ein kleiner, alter und hagerer Mann mit grauem Bart und einem Stock in der Hand. Er hatte freundliche Züge und viele Falten. Wenn er auch sonst eher schlank wirkte hatte der Alte dennoch einen kleinen Kugelbauch, der ihn irgendwie freundlicher und anziehender machte.

„Ah, Phillippus, ich habe mich schon gefragt, wo du bleibst. Gut, dass du jetzt kommst. Der Kapitän hat mich soeben gefragt, ob alle Passagiere an Bord sind", rief Antonius und eilte seinem Freund entgegen, der jetzt munter den Steg zum Schiff nach oben gelaufen kam. Als sie sich gegenseitig erreichten, umarten sie einander zum Gruß und kehrten gemeinsam zu Asterius zurück.

„Darf ich Euch meinen besten und längsten Freund vorstellen? Sein Name ist Phillippus", stellte Antonius den alten Mann dem Kapitän vor. „Und dies ist, wie man unvermeidlich erkennen kann der Kapitän, der uns auf unserer Reise begleiten wird. Sein Name ist Asterius", sprach der junge Pfarrer weiter.

Schon nach kurzer Zeit machten sie die Leinen los und legten vom Hafen ab. An Deck herrschte ein reinstes Gewusel, weil die Mannschaft ihren Aufgaben nachging und jeder durch die häufig schreienden Anweisungen des Kapitäns hektisch dem Versuch der Schnellste zu sein nacheilte.

Sie waren schon einige Stunden auf hoher See als plötzlich lautes Geschrei aus den unteren Ebenen des Schiffes hervordrang:

„Wer war das? Wie kommst du hier her? Was suchst du hier, eh?", schrie eine tiefe, hysterische Stimme. Mit einem Mal wurden die aufgeregten Stimmen immer lauter und man konnte Getrampel und viele Schritte hören, die scheinbar näher kamen. Plötzlich riss jemand die Tür zu den Ebenen, die unter Deck lagen, auf und einige wütende Männer von der Mannschaft kamen heraus. Mitten zwischen ihnen hielten sie eine andere Person, deren Gesicht jedoch verdeckt war.

„Was ist hier los? Habt ihr alle den Verstand verloren oder warum rennt ihr wie eine Herde wildgewordener Kuhaffen durch mein Schiff und macht dabei noch so viel Krach, dass ich hier oben schon Kopfschmerzen bekomme?", fragte der Kapitän in strengem, herrschendem Ton. Die Männer drehten sich zum Kapitän und einer von ihnen sagte:

„Wieso habt Ihr sie auf das Schiff gelassen? Ihr müsstet doch am Besten wissen, dass Frauen an Bord eines Schiffes Unglück bringen." Er zerrte die vermummte Gestalt vor die Masse und riss ihr das Tuch vom Kopf. Darunter erschien eine schlanke Frau mit langen, dunklen Haaren, die sie zu einem festen Zopf zusammen gebunden hatte. Ihre Haut war rein und blass und nur von wenigen Falten durchzogen, die ihr Gesicht dennoch nicht älter wirken ließen. Dem Kapitän saß der Schreck in den Gliedern und seine Züge waren markant und schockiert. Lange starrte er die Frau an. Doch dann fand er wieder zu sich und fragte:

„Wer seid Ihr, gnädigste Frau?

Diese antwortete zunächst nicht, als müsse sie erst über die Bedeutung der Wörter nachdenken. Doch dann versetzte ihr der Mann, der mit dem Kapitän gesprochen hatte, einen Schlag auf den Kopf und schrie: „Antworte, wenn der Kapitän dich etwas fragt, oder wir werfen dich den Haien zum Fraß vor!"

„Lass das, Playsius! Sie ist schließlich nicht unsere Gefangene und selbst dann würde ich über ihr weiteres Schicksal bestimmen und nicht du. Los, zurück an die Arbeit ihr faulen Hunde, oder ich setze euch etwas zu. Das gilt für euch alle!", schrie Asterius und verließ das Steuerrad. Als er bei der Frau angelangt kam, blickte er ihr prüfend ins Gesicht – blieb aber stumm, da es nun an ihr war weiter zu sprechen.

„Mein Name ist Soraja", antwortete die Frau. „Ich bin die Amme des Prinzen."

„Entschuldigt die Grobheit von Playsius, aber die Männer sind verängstigt, wenn sich eine Frau an Bord befindet. Sie glauben es würde Unglück bringen. Daran glaube ich allerdings nicht. Weiß der Prinz, dass Ihr hier seid?"

„Nein, ich bin heimlich an Bord gekommen, da es mir bewusst war, dass er mich nicht mitnehmen würde, wenn ich ihn darum gebeten hätte. Zudem war ich mir sicher, dass Ihr gleicher Meinung gewesen wäret", antwortete Soraja mit weicher Stimme und sanftem Lächeln.

„Ich muss sagen, das Ihr mich wirklich erstaunt. Ihr könnt dem Prinzen nur sehr nahe sein, wenn Ihr meint ihn einschätzen zu können", lächelte der Kapitän.

„Und was meine Meinung anbelangt, so habt Ihr durchaus recht: Ich hätte Euch niemals freiwillig auf dieses Schiff gelassen, wenn Ihr mich darum gebeten hättet." Jetzt nahm ihre Hand und küsste den Handrücken, so wie es sich für einen Gentleman schickte. „Kommt, ich bringe Euch zum Prinzen. Schließlich könnt Ihr Euch nicht den ganzen Weg lang verstecken."

Und so brachte er sie zum Zimmer des Prinzen. Er klopfte und wartete auf eine Antwort, doch statt dessen war nur lautes Gelächter zu hören. Nachdem Asterius noch ein zweites Mal geklopft hatte, öffnete sich endlich die Tür und Syrius lugte hervor.

„Wir haben einen blinden Passagier an Bord, mein Prinz. Ich glaube, Ihr kennt ihn", sagte der Kapitän, hinter dem sich Soraja befand, die Syrius jedoch nicht sehen konnte, weil sie zu schmal und Asterius zu groß und breit war. Deshalb trat der Kapitän einen Schritt bei Seite und offenbarte die zierliche, weibliche Gestalt.

„Soraja!", rief der Prinz, wobei ihm wahrlich die Kinnlade herunter fiel. „Was tust du hier? Du solltest doch eigentlich im Palast sein und dort... und" Es verschlug ihm die Sprache. Sein starrender und offensichtlich überraschter Blick begegnete ihrem sanften Lächeln, das sonderbar ihren Mund umspielte.

„Ihr seid Euch darüber bewusst, dass ich Euch nicht allein lassen kann? Zum einen, weil es meine Pflicht ist und zum anderen, weil es meine Erfahrung ist. Und Ihr könnt nicht leugnen, dass ich die in mehr als siebzehn Jahren gemacht habe", antwortete sie freundlich.

„Aber... Du... Ich meine,... wie zur Hölle bist du aufs Schiff gekommen?", stammelte Syrius.

„Bei dem Gewusel an Bord? Das könnt Ihr Euch doch nicht im Ernst fragen. Hier hätte sich jeder unbemerkt aufs Schiff schleichen können, wenn er ein bisschen lumpige Kleidung trägt und sich bei der Arbeit beteiligt", antwortete sie immer noch lächelnd. „Verzeiht, aber ich konnte einfach nicht in Zakynthos bleiben. Dafür bin ich viel zu neugierig."

„Aber du weißt doch, wie gefährlich die Reise ist! Wie kannst du denn da so neugierig sein, dass du schon tollkühn und leichtsinnig wirst. Ich habe dich immer als intelligente und nachdenkende Frau eingeschätzt, aber so wie du dich jetzt verhältst, schockierst du diese Erwartung in höchstem Maße", sagte Syrius durchdingend und streng und mit vorwurfsvollem Unterton in der Stimme.

„Ich bin doch nicht gleich leichtsinnig und handle doch auch nicht sofort unüberlegt, wenn ich Euch helfen will, mein Prinz. Außerdem muss ich jeden Tag meine Beichte ablegen können. Und wie sollte ich das anstellen, wenn sich auf der ganzen Insel weit und breit kein Pfarrer befindet?", antwortete Soraja, deren Stimme nun wütend und aufgebracht klang. Zornig dreht sie sich um und rannte weinend davon.

„Ihr scheint es sehr ernst zu sein, mein Prinz. Wahrscheinlich ist sie jetzt sehr enttäuscht, dass Ihr sie so vor den Kopf stoßt. Ich glaube der Frau, dass sie Euch helfen möchte und genau deshalb kann sie Euch nicht verstehen", gab Asterius seine Gedanken preis.

„Vielleicht habt Ihr recht. Ich war wahrlich zu streng mit ihr. Das hat sie nicht verdient, wo sie mich doch all die Jahre immer aufs weiseste und ehrvollste begleitet hat." Syrius trat in Gedanken aus der Tür und folgte dem Gang, den Soraja begangen hatte. Lächelnd und zugleich kopfschüttelnd kehrte der Kapitän zurück zum Deck.

Syrius fand Soraja in einer Ecke im untersten Stockwerk, dem Vorratskeller. Zitternd und heftig schluchzend saß sie zusammengekauert hinter einem Fass. Den Kopf hatte sie wehklagend in die Knie gebettet und ihre Arme umschlangen ihren anmutigen, schlanken Körper. Jetzt, wo Syrius sie so sah, wirkte sie für ihn wie ein kleines, unschuldiges und hilfloses Kind, das nicht weiß, wohin es gehen soll. Er beugte sich liebevoll herab und umarmte Soraja. Leise wiegte er sie hin und her und flüsterte ihr sanft ins Ohr:

„Es tut mir so leid, Soraja. Ich hätte dir danken und dich nicht so abstoßen sollen. Du siehst, dass ich noch immer ein unwissender, kleiner Dummkopf bin, der im Umgang mit Menschen noch viel lernen muss. Du weißt, wie schwer es für mich ist, meine Gefühle im Zaum zu halten. Es tut mir leid, dass ich sie an dir ausgelassen habe." Langsam blickte sie auf. Ihr Gesicht war ganz nass und ihre Augen rot vom vielen Weinen. Ihren Mund umspielte dennoch jetzt das selbe wunderschöne Lächeln, dass auch vorher schon ihr Gesicht bezaubert hatte.

„Danke", hauchte sie leise und wischte ihre Tränen mit dem Handrücken weg. Syrius half ihr aufzustehen und brachte sie an Deck, wo die Sonne herrlich strahlte und das Wasser glitzernd tanzte.

Den Rest des Tages verbrachte die Mannschaft damit, sich gegenseitig kennen zu lernen. Auch die Tatsache, dass sich nun eine Frau an Bord befand, mussten die wagemutigen Männer unverzüglich verstehen. Soraja half teilweise in der Küche oder beim sauber machen mit, sodass sich niemand über eine Nichtstuerin beschweren konnte. Syrius verbrachte den Tag zusammen mit Kurius, der ab und zu tüchtig herum alberte. Nur Antonius und Phillippus machten sich wissbegierig über die Bücher her, die sich in Antonius' Zimmer befanden. Sämtliche Hinweise über Hades schienen ihnen wichtig zu sein.

Den ganzen Tag über war es heiter und sonnig gewesen und kein einziges Wölkchen war am Himmel zu sehen. Doch in der Nacht erreichte sie ein unheimliches Unwetter, dass mit heftigen Wellen gegen das Schiff brach.

„Strafft die Taue und Seile. Verriegelt die Türen und befestigt alles, was nicht niet und nagelfest ist", schrie der Kapitän durch den tosenden Sturm. Die ganze Mannschaft rannte über das Deck und versuchte zu retten, was nur möglich war. Die meterhohen Wellen brachen über dem Schiff ein und überschwemmten das ganze Deck. Der Himmel war rabenschwarz und mit dicken Regenwolken versehen, die den heftigen Wind und den peitschenden Regen mit sich brachten. Das Meer tobte und riss das Schiff mit sich in unbekannte Gebiete, während jeder einzelne Mann alles daran setzte sein Leben zu retten.

„Haltet euch fest! Eine riesige Welle", schrie einer der Männer und klammerte sich an den Mast. Durch den Sturm hörte man deutlich die Schreie und verzweifelten Rufe der Männer.

„Ahhh", ertönte ein markerschütternder Schrei. Ein Mann war von der Welle mitgerissen worden und hing nun an einem Seil, das ihn stark herumwirbelte.

„Joseph, halte dich fest, wir ziehen dich wieder hinauf", rief ein anderer Mann.

„Beeilt euch, ich kann mich nicht mehr halten", schrie Joseph entsetzt zurück und rutschte noch ein Stück weiter am Seil hinunter.

„Schnell, wir müssen ihn hochziehen", rief der andere Mann wieder. Sogleich versammelten sich einige Männer und zogen am Seil, doch dabei vergaßen sie etwas: Plötzlich preschte erneut eine gigantische Welle über sie ein und riss noch drei weitere Männer mit sich in die Tiefe der unheimlichen See. Auch Joseph war von diesem Sog mitgezogen wurden und stürzte nun rückwärts in die Tiefe.

Die Schreie wurden lauter und schriller, aber das Unwetter ließ gegen Morgen nach, bis es endlich ganz und gar verblasste und nur einen hellblauen, klaren Himmel zurückließ. Erschöpft von den Anstrengungen der Nacht waren die verblieben Männer auf dem Deck zusammengebrochen und schliefen. Überall lag ein menschliches Wesen. Einige hatten schlimme Verletzungen, andere nur ein paar Kratzer. Nach und nach wachte einer nach dem anderen auf und dachte über die Geschehnisse der Nacht nach.

„Aufstehen, Männer", rief der Kapitän über das Deck. Auch er hatte in der Nacht versucht das Schiff zu lenken und zu steuern und war danach jämmerlich zusammengebrochen, weil das Unwetter diese Kraft gefordert hatte. „Wir müssen unsere Verluste überprüfen, habt ihr das verstanden? Tretet sofort in einer Linie an!" Der Kapitän verließ das Steuerrad und stieg die Treppen nach unten, wo sich nun die Mannschaft in einer Linie formiert hatte. Langsam lief er an jedem Einzelnen vorbei und begutachtete währenddessen dessen Verletzungen. Am Ende der Reihe drehte er sich um und hatte ein sehr ernstes, ja sogar sorgsames, Gesicht aufgesetzt.

„Es fehlen vier. Befinden sie sich noch auf dem Schiff? Wer kann mir etwas über diese vier Vermissten sagen? Los, ich will eine Antwort!" Wütend und zugleich auch traurig lief Asterius hektisch vor der Reihe entlang und blickte jedem Mann in die Augen. Niemand sprach ein Wort, bis plötzlich ein großer, kräftiger Mann mit langen, zotteligen Haaren vortrat und sagte:

„Joseph wurde von einer Welle mitgerissen, konnte sich aber noch an einem Seil festhalten. Wir wollten ihn hochziehen, aber dann kam eine erneute Welle und riss sie weg. Ich konnte ihnen nicht helfen. Es war zu spät!"

„Warum habt ihr ihn denn nicht einfach fallen gelassen? Warum habt ihr euch denn nicht festgehalten und nach den Wellen geschaut? Warum? Es sind einfach zu viele!", schrie Asterius aufgebracht. „Wir werden ihnen eine anständige Trauerfeier geben. Holt den Pfarrer! Er wird uns beistehen!"

V. Atreius

ie nächsten zwei Wochen wurde die Mannschaft von heftigen Unwettern und Stürmen verschont, sodass sich alle Männer von dem Schock und ihren Verletzungen erholen konnten. Soraja pflegte die Männer mit ihren Heilmethoden wieder gesund und somit waren jegliche Vorurteile gegen sie aufgehoben. Das Wetter war an manchen Tagen wunderschön. Die Sonne strahlte über das offene Meer und gab eine freie Sicht. Doch an anderen Tagen war es nur nebelig, windig und manche Regenwolken hingen am Himmel und ließen ihre schweren, großen Tropfen auf das Schiff niederfallen. Dennoch suchte kein riesiger Sturm sie heim und forderte neue Opfer. Antonius und Phillippus kamen mit ihren Ermittlungen über Hades erheblich weiter, denn nachdem sie sämtliche Bücher durchsucht hatten, wussten sie wahnsinnig viel über Hades. Überhaupt lernten sich alle besser kennen und schlossen sogar Freundschaften.

Die einzige, die etwas zurück gezogen und oft nachdenklich wirkte, war Soraja. Sie hatte während der siebzehn Jahre niemals ein Problem damit gehabt, dass es die Zwillinge gab und sie sich nicht kannten. Zu beiden hatte sie ein sehr gutes Verhältnis und kannte ihre Unterschiede und Gemeinsamkeiten. Doch während sie gegenüber Syrius eher wie ein Vormund oder wie eine Mutter war, hatte sie Antonius immer völlig vertraut und ihn als einen Freund angesehen. Aber nun waren beide junge Männer oft zusammen und lernten sich allmählich kennen. Das versetzte sie irgendwie in einen Trauerzustand, der ihr Herz stark belastete. Jetzt wurden ihr die eigentlichen Unterschiede wesentlich deutlicher und suspekter. Syrius musste nun auch ihr Freund werden, doch etwas innerliches sträubte sich vehement dagegen. Soraja war stets eine fromme und zuverlässige Christin gewesen, die nie viel mit Männern im eigentlichen Sinne zu tun hatte, doch jetzt fühlte sie immer öfter dieses tiefe, innige Gefühl im Magen, das sie teilweise völlig durcheinander brachte. Diese Gefühle und Gedanken waren ihr total fremd und sie wusste nicht, wie sie damit umgehen hätte sollen. Doch besonders eines war ihr von Anfang an klar: Es kam nicht von Syrius – es kam von Antonius. Aber niemals würde sie einem Pfarrer, der sechzehn Jahre jünger war als sie, sagen, dass sie etwas für ihn empfindet und dennoch fielen ihr auch die Beichten unglaublich schwer und mühsam. Seit sie begriffen hatte, was mit ihr los war, hatte sie sich immer mehr zurück gezogen. Nur Syrius oder aber dessen Bruder fragten oft nach, was denn mit ihr los sei, doch da antwortete sie immer nur, dass sie die See nicht vertrage.

Es war ein wunderschöner Morgen. Die Sonne strahlte über den wolkenfreien Himmel und ließ die sanften Wellen, die gegen das Boot schlugen, glitzern. Eine Brise von salzigem Meergeruch ging durch die Luft, die etwas kühl über die zarte Haut von Soraja strich. Die schlanke, anmutige Frau saß am Bug und dachte über viele Dinge nach, bis sie plötzlich von einem bekannten Geräusch aus ihren Gedanken gerissen wurde. Eine Möwe kreiste direkt über ihr und landete dann still und sachte auf der Reling.

„Wo kommst du denn jetzt her, eh? Hast du dich verirrt oder machst du nur gerade einen kleinen Ausflug?", flüsterte Soraja leise. Die Möwe blickte sie nur aus ihren schwarzen Augen an und gurrte leise. Dann erhob sie sich wieder in die Lüfte und flog in die Richtung, in der sich das Schiff befand. Soraja stand auf und lief sofort auf leisen Sohlen zum Kapitän, der mit nacktem, braunen Oberkörper am Steuerrad stand und in die weite Ferne blickte.

„Asterius, ich habe eine Möwe gesehen. Sie kam aus dieser Richtung und flog auch wieder dahin zurück", erzählte sie und zeigte ihm, wohin die Möwe geflogen war.

„Das ist ja wunderbar! Der Sturm, der uns in der ersten Nacht ereilte, hat uns sehr schnell vorwärst getrieben, sodass wir sogar eine Woche eher als geplant ankommen werden. Wenn der Wind noch etwas mithilft, können wir sogar schon heute Abend das Festland erreichen", antwortete der erfahrene Kapitän, der stets freundlich und zuvorkommend gegenüber Soraja war. Er bat sie jedoch vorerst noch nichts den anderen zu sagen. Nur für alle Fälle, sollte er sich irren.

Doch Asterius irrte sich nicht. Einige Stunden vor Sonnenuntergang konnten sie in der Ferne das Festland sehen. Der Wind brachte sie weiter voran und so erreichten sie Griechenland schon kurze Zeit nachdem die Sonne untergegangen war.

„Heute Nacht bleiben wir noch auf dem Schiff. Vor uns befindet sich ein dichter Wald, in dem sicher einige Gefahren leben, die wir besonders in der Nacht nicht einkalkulieren können. Schlaft also heute noch etwas, bis wir morgen die Gegend auskundschaften werden", sagte der Kapitän, als sie den Anker fallen gelassen hatten und vor dem Strand standen. Asterius konnte das Schiff nicht ganz an Land bringen, weil dort das Wasser zu flach gewesen wäre. Aber sie hatten einige kleine Boote an Bord, die sie an Land bringen würden.

Soraja wollte gerade in ihr Zimmer gehen und lief durch den engen Gang, als plötzlich Antonius aus einer Tür und ihr entgegen kam. Innerlich erschrak sie, denn niemand sonst war hier. Langsam bewegten sie sich auf einander zu bis sie sich gegenseitig erreichten.

„Na wenigstens macht dir ab morgen die See nicht mehr zu schaffen. Dann bekommst du bestimmt wieder Farbe ins Gesicht und es geht dir besser", versuchte Antonius sie aufzumuntern. Doch Soraja verblieb stumm und wollte gerade an ihm vorbei, als plötzlich das Schiff von einer Welle getroffen wurde und Antonius gegen sie schleuderte. Soraja merkte wie sich ihre Körper berührten. Sein Gesicht war nur einige Zentimeter von ihrem entfernt und er blickte ihr erschrocken in die Augen. Sie versuchte seinem Blick auszuweichen und wartete kurz, bis er die Verbindung löste. Antonius' Gesicht war rot und sein Haar leicht unordentlich. Irgendwie wirkte er verwirrt und durcheinander als er sagte:

„Ent... entschuldige, ich ähm wusste ja nicht, dass eine Welle kommen würde. Äh, gute Nacht. Wir sehen uns morgen früh, denke ich." Er drehte sich um und torkelte den Gang entlang. Auch Soraja verschwand schnellstens in ihrem Zimmer. Doch sie lag noch sehr lange wach und dachte über dieses kurze und für sie recht peinliche Ereignis nach, bis sie vor Müdigkeit und Erschöpfung dann doch in den Schlaf gerissen wurde.

Der nächste Morgen war ein eher trüber und verregneter. Dichte, graue Wolken drängten sich am Himmel und beträufelten die Erde. Die Sonne war von der Wolkendecke verdeckt, durch die kaum ein Lichtstrahl schlüpfte. Soraja war bereits aufgestanden und hatte ihre Sachen zusammen gepackt, als Syrius in ihr Zimmer platzte. Seine Haare waren struppig und wirr durcheinander und seine Wangen rot.

„Guten Morgen", sagte sie und sah ihn skeptisch und zugleich verwirrt an.

„Morgen. Hast du alles beisammen? Wir wollen jetzt los, aber vorher muss ich dir noch jemanden zeigen."

„Jemanden zeigen? Ist dir ein kleines Tierchen über den Weg gelaufen? Wen meinst du?", fragte sie und packte gerade ihr seidenes Tuch ein. Plötzlich trat auch Antonius ins Zimmer und machte eine auffordernde Bewegung.

„Wir warten alle schon auf dich, Soraja. Wo bleibst du nur? Du wirst entscheiden, was mit ihm passiert. " Und mit diesen Worten verschwand er wieder aus der Tür. Syrius zuckte nur mit den Schultern und nahm ihr das Gepäck ab.

Als sie an Deck angekommen waren, stand tatsächlich schon die ganze Mannschaft fix und fertig da. Sie machten komische Gesichter, als Soraja an Deck erschien. In der Mitte des Decks stand eine kleine, dürre Person, die Soraja den Rücken zugewandt hatte. Langsam ging sie auf sie zu und umkreiste sie kurz. Als vor der Person stand, erkannte sie einen kleinen Jungen, der mit hängendem Kopf vor ihr stand. Soraja fasste sachte an sein Kinn und hob sein Gesicht, sodass er ihr in die Augen sehen musste. Diese Augen waren blau, wie das Meer, und sein blassroter Mund stand leicht offen. Der Junge hatte kurzes, ungebändigtes Haar, das ihm teilweise ins Gesicht hing.

„Wie heißt du, mein Junge?", fragte Soraja freundlich. Der Junge antwortete zuerst nicht, doch dann schien er sich zu besinnen und sagte leise hauchend:

„Atreius."

„Atreius ist ein sehr schöner Name, findest du nicht auch?"

„Hört auf, mit diesen sinnlosen Fragen. Diesen Jungen sollte man windelweich prügeln, bis er begreift, dass man sich nicht auf anderen Schiffen versteckt! Der Koch hat ihn heute früh in der Vorratskammer stehlen sehen und brachte ihn sofort zu mir. Ich hätte ihn am liebsten sofort über Bord geworfen, aber der Pfarrer bat mich, Euch die Entscheidung zu überlassen", rief der Kapitän.

„Verstehe", sagte Soraja und nickte. „Ich möchte diesen Jungen mitnehmen. Er kann uns sicher noch recht nützlich sein. Außerdem bleibt er dann nicht auf Eurem Schiff, sondern in unserer Gemeinschaft", beschloss Soraja. Sie blickte den dürren, verwahrlosten Jungen an, der ihr jetzt schon unglaublich leid tat. Sie führte ihn unter Deck und gab ihm neue Kleider, die er anziehen konnte. Und während er ihr treu zusah, schimmerte seine dreckige, blasse Haut, die mit Hunderten von Sommersprossen überzogen war, ihr in den Augenwinkeln.

Als sie zurück an das Deck kamen hatten die Männer bereits die Boote ins Wasser gelassen und stiegen nun ein.

Die kleinen Boote erreichten das Ufer und alle Männer stiegen aus. Syrius half Soraja aus dem Boot und trug sie in den trockenen Sand, damit wenigstens Einer ohne nasse Sachen ankommen konnte.

„Ich schlage vor, dass wir vorerst alle zusammenbleiben, bis ich einige wieder zurückschicken werde, die mit den zurückgebliebenen Männern das Schiff bewachen, bis wir wieder da sind. Es ist genug Verpflegung an Bord", sagte Asterius, der nun durch den Sand stapfte.

Sie fanden einen schmalen Weg, der durch den Wald führte, in dem es merkwürdig dunkel war. Nur ein grünes Licht erhellte den Wald und die Bäume, aber niemand wusste, woher es kam. Eine ganze Weile liefen sie auf dem Pfad, bis sie an eine Lichtung kamen. Sie war nicht sehr groß und von riesigen Bäumen umgeben. Das Gras war ungewöhnlich blaugrünfarben und auch die Pilze schienen ganz anders zu sein, als üblich.

„Nun trennen sich unsere Wege. Geht zurück zum Schiff und meidet den Wald wenn möglich, denn ich spüre, dass es kein gewöhnlicher Wald ist. Irgendetwas ist anders. Haltet euch also am Strand auf oder betretet den Wald nur, wenn es unbedingt sein muss", sagte der Kapitän, womit sich einige Männer von der Truppe entfernten und auf dem Pfad zurück liefen. Jetzt waren sie nur noch zu zehnt: Syrius, Antonius, Phillippus, Kurius, Asterius, Soraja, Atreius und drei Männer der Besatzung (Davius, Felicitus, Fredericus). Langsam liefen sie auf die Lichtung und begutachteten die seltsamen Pflanzen, die überall auf ihr verteilt waren. Nach einigen Augenblicken fand Asterius einen anderen schmalen Weg dem sie dann folgten.

Den gesamten Tag waren sie unterwegs, trafen auf seltsame kleine Tierchen, betraten neue Pfade und Wege und beobachteten ständig das seltsam schimmernde Licht, das auf sie niederfiel. Nicht nur das Gras und die Tiere, sondern auch die Bäume und anderen Pflanzen sahen merkwürdig türkis aus. Einmal trafen sie auf einen kleine zierliche Pflanze mit gelber ausschweifender Blüte und langen dicken Blättern, die mit winzigen Stacheln besetzt waren. Ihr Geruch hatte Soraja angezogen, doch bevor sie eigentlich richtig bemerkte, was geschah, lag sie auch schon ohnmächtig am Boden. Die kleine unscheinbare Pflanze hatte hellgrünen Dunst freigesetzt und sie somit betäubt. Schon nach kurzer Zeit wachte Soraja wieder auf und ging leicht wackelig auf den Beiden weiter ohne ein Wort zu sagen. Erst einige Stunden später redete sie wieder mit ihrem jungen Gefährten, der sie zeitweise etwas stützte.

Nun war es Abend, aber das Licht war kaum merklich dunkler geworden, sodass sie erst auf einer Lichtung den sternenbefleckten Himmel sahen, der hoch über ihnen lag. Auf dieser ovalen Lichtung mit kurzem Gras und einigen Blümchen ließen sie sich nieder, um hier die Nacht zu verbringen. Antonius setzte sich auf den Boden und betete, während Syrius die Umgebung begutachtete. Die großen Bäumen wehten schauerlich im Wind und ihre langen Äste wirkten wie Fangarme, die nur darauf warteten, das ihnen jemand zu nahe kommt. Dicht gedrängt legte sich die Gruppe schlafen. Sie hatten ein niedriges Feuer gemacht, damit niemand frieren musste, aber dennoch war es recht kalt. Soraja zitterte am ganzen Leib. Sie konnte nicht schlafen. Einerseits wegen der eisigen Kälte und andererseits wegen der gespenstigen Bäume, die wie riesige Giganten die Lichtung umkreisten. Irgendwann übermannte sie die Erschöpfung und der Drang nach Schlaf, der ihr Kraft für den nächsten Tag geben sollte.

Ein heftiger Geruch nach brennendem Tannenholz weckte Soraja, die sich schwer und müde anfühlte. Langsam öffnete sie die schweren Augenlider und erkannte die Umrisse eines riesigen Feuers. Zuerst dachte sie, sie sei noch immer auf der Lichtung und das jemand mehr Brennholz hineingeworfen hätte, aber nachdem Soraja die festgeschnürten Seile um ihren zarten Körper bemerkte schreckte sie hoch und erkannte eine ganz andere Umgebung: Mitten in den hohen Bäumen waren Tausende hölzerne Häuschen gebaut, die bis in die Kronen reichten. Doch jetzt schienen die Bäume viel höher als Soraja an der Lichtung gesehen hatte. Die Baumkronen waren von diesem Standpunkt aus kaum zu sehen. Als sie diesen Gedanken im Kopf hatte, schob sich systematisch ein ganz anderer vor ihr Gesicht. Blitzartig drehte sich Soraja auf den Bauch und hätte sie nur um einen Zentimeter weiter an der Kante gelegen, wäre sie jetzt wahnsinnig weit gefallen. Unter ihr eröffnete sich ein Blick, den sie nie in ihrem ganzen Leben wieder vergessen würde: Weitere Tausend Häuschen waren in die Bäume gesetzt worden, deren Stämme bis ins Unendliche gingen. Soraja konnte den Boden nicht mehr erkennen. Sie lag mitten auf einer Holzplattform, die wohl Tausende Kilometer in der Höhe hing, umgeben von Tausenden anderen Plattformen und Häuschen. Und als sich Soraja umblickte erkannte sie das ganze Ausmaß der Situation. Um diesen gigantischen Baum befanden sich noch sechs weitere solche Bäume, die in einem Sechseck um den Baum, auf dem Soraja lag, angeordnet waren. Lange Hängebrücken verbanden die Bäume miteinander. Erschrocken drehte sich Soraja vorsichtig wieder um und fand einige ihrer Gefährten bewusstlos mit auf der Plattform liegen. Antonius und Syrius, sowie die drei Männer vom Boot lagen reglos da, ebenfalls am ganzen Körper gefesselt. Nur Antonius hatte die Augen geöffnet und starrte in den Höhe.

‚Vielleicht ist er gerade aufgewacht und muss sich erst einmal an die gegebenen Umstände gewöhnen', dachte Soraja. Unglücklicherweise lag er genau auf der anderen Seite der hölzernen Plattform und als er sich gerade nach unten drehen wollte, rief Soraja:

„Das würde ich an deiner Stelle nicht unbedingt tun, weil du sonst sehr weit fliegst." Erschrocken und völlig perplex drehte er sich zu ihr um. Sein Gesicht war kreidebleich und hatte nur einige blutige Kratzer, die aber sicher schnell wieder heilen würden. „Es geht da sehr tief runter. Und du liegst an einer ungünstigen Stelle", erklärte sie auf seinen fragenden Blick hin.

„Danke", antwortete Antonius. „Wo sind wir? Warum sind wird gefesselt? Und was brennt so in meinem Gesicht?" Soraja schüttelte nur den Kopf.

„Ich weiß nicht, wo wir sind. Aber wegen deinem Gesicht, kann ich dir eine Antwort geben: Du hast einige Kratzer abbekommen." Langsam drehte sie sich auf die Seite, um Antonius besser sehen zu können, doch da starrte er sie nur an.

„Was ist? Siehst du einen Geist?", fragte sie ihn lachend. Aber Antonius veränderte seinen Blick nicht. Plötzlich wurde Soraja von hinten gepackt und mit in die Tiefe gerissen...

VI. Der Prozess

„Aaaahh", kreischte Soraja, als sie in die Tiefe fiel. Doch irgendjemand hielt sie fest, aber sie konnte nicht erkennen wer, weil dieser jenige hinter ihr hing. Langsam breitete sich ein Gefühl in ihrem Kopf aus, das dem Explodieren sehr ähnelte. Ihre scharfe Sehkraft erlosch, sodass sie nun alles nur noch verschwommen war nahm. Ihr Atem rasselte und sie bekam kaum noch ausreichend Luft. Doch dann stand sie plötzlich mit einem Ruck in der Luft. Der Griff der Person hinter ihr hatte sich verstärkt und hielt sie nun sicher fest. Ganz langsam steuerten sie auf eine weitere Plattform zu, auf der nichts und niemand lag. Die unbekannte Person setzte Soraja langsam ab, bis die Füße den Boden berührten und sie sicher stand. Jetzt ließ sie sie los, aber Soraja konnte sich nicht auf den Beinen halten und taumelte zu Boden. Als sie sich umgedreht hatte, erblickte sie eine wunderschöne, strahlende Frau, die über dem Boden schwebte. Ihre weichen, herzlichen Züge wirkten anmutig und liebevoll und die leuchtend grünen Augen glitzerten aus diesem schmalen Gesicht hervor. Die Haut der Frau schimmerte ebenso blau-grün, wie das Licht im Wald und betonte damit ihre schlanke, leichte Gestalt. Die langen, welligen Haare wehten im Wind, während sie gutmütig auf Soraja hinabblickte. Lange betrachte die junge Frau Soraja, musterte ihre Züge und Bewegungen, ihr entsetztes Gesicht und die fragenden Augen.

„Wer bist du?", fragte die wunderschöne Frau mit singvoller Stimme.

„Mein Name ist Soraja, und Euer?"

„Wer bist du?", fragte die fremde Frau erneut, aber immer noch höflich.

„Ich bin Soraja", antwortete diese verwundert.

„Wer bist du? Ich kenne nun deinen Namen, aber nicht dein Wesen", fuhr die Frau fort. Aber Soraja wusste nicht, was sie darauf hätte antworten sollen. Sie blickte der Frau nur fragend in die grünen Augen. Diese schien das Problem zu erkennen und kam Soraja zu Hilfe. „Ich bin eine Fee. Mein Name ist Eutra."

„Oh, ich bin ein Mensch", antwortete Soraja, stets verwundert. Feen? Aber so etwas konnte es doch unmöglich geben, oder? Langsam rappelte sich Soraja auf.

„Menschen kommen selten hierher. Was willst du in unserem Reich?"

„Eigentlich wussten wir gar nicht, dass es Euer Reich sei. Wir wollten den Wald nur durchqueren."

„Aber ein Mensch kann den Wald nicht durchqueren! Menschen sind nicht dafür geschaffen diesen Wald zu durchqueren. Sie würden sich verirren und zu Tode kommen." Erschrocken blickte sich Soraja um. Was sagte die fremde Frau denn da? Es ist doch nur ein Wald.

„Aber wir müssen doch durch den Wald, weil wir sonst unser Reich nicht retten können", rief Soraja bestürzt. Hektisch sprang sie auf und ging auf Eutra zu, die sich vor die Plattform rettete und damit unerreichbar für Soraja war.

„Welches Reich? Das Reich der Menschen existiert doch gar nicht mehr. Kein Mensch hat nun ein Reich mehr. Hades ist der Führer sämtlicher menschlicher Gebiete. Warum also glaubst du, du müsstest dein Reich retten?" Nur langsam kamen die Worte von

Eutra bei Soraja an und nur langsam schien sie zu begreifen, was die Frau meinte.

Aber das stimmt doch nicht. Unser Reich existiert noch. Hades versucht es uns zu entreißen, aber im Moment sind wir noch frei. Wir müssen ihn davon abbringen dieses Reich auch noch unter seine Herrschaft der Finsternis zu bekommen, sonst ist auch dieses Land verloren", sagte Soraja aufgebracht und heftig atmend.

„Du bist verrückt! Es gibt kein freies Land mehr. Das bildest du dir nur ein. Welches Land sollte es denn sein, das noch nicht in das Reich der Finsternis integriert ist, eh?", sagte Eutra überzeugt und doch verwirrt.

„Zakynthos. Das Reich heißt Zakynthos. Es umschreibt eine Insel, deshalb ist es Hades bisher nicht gelungen es unter seine Kontrolle zu bekommen", antwortete Soraja hastig, wobei ihr Gesicht vor Aufregung extrem rot wurde und sich ihre Adern darauf abzeichneten.

Zakynthos? Ich kenne diesen Namen nicht. Ich habe noch niemals etwas von einer derartigen Insel gehört, also lügst du mich an", schrie Eutra wütend, wobei sich ihre Züge zu einem hässlichen Gesicht verzerrten. Soraja wollte sich gerade noch wegdrehen, als sie schon zu Stein geworden war. Wütend funkelte die Medusa Sorajas versteinerte Gestalt an. Die unzähligen Schlangen tummelten sich auf ihrem Kopf und ihre langen Fingernägel bohrten sich in ihre Hand, die sie zu Fäusten geballt hatte. Blitzschnell umrundete Eutra die Statue, betrachtete sie von allen Seiten, wobei ihr Blick noch schärfer und durchdringender wurde. Voller rasender Wut machte sie kehrt und verschwand zwischen den vielen Häuschen, die still und reglos am Baum hingen.

Syrius versuchte sich und seine Hände loszubekommen. Er wurde von zwei kräftigen Männern mit blaugrüner Haut und grünen Augen über eine der Brücken geführt, wehrte sich aber heftig. Wild zappelte er mit dem Oberkörper hin und her und bemühte sich aus den Klauen seiner zwei Entführer herauszukommen. Doch schon nach kurzer Zeit bemerkte er, wie sinnlos es war noch weitere Versuche anzustellen. Die Männer waren zu stark und hielten ihn je an einem Arm ordentlich fest. Sie schwebten leicht und geräuschlos über die hängende Brücke und trugen Syrius mit sich. Vor ihm wurde Antonius getragen, der willig mit seinen beiden Wächtern mit ging und sich nur gelegentlich umsah und ihm einen fragenden Blick zuwarf. Hinter Syrius wehrte sich Asterius hartnäckig. Sechs der Männer mussten ihn mit Mühe festhalten, sonst wäre er womöglich entkommen. Mit seinem Kopf schlug er wild um sich und trat mit seinen langen Beinen jeden, der ihn zwingen wollte mitzukommen. Einer der blaugrünen Männer hatte besonders scharfe und feste Fingernägel, die er Asterius in den Bauch rammte und damit eine klaffende Wunde hervorrief. Die anderen Männer kratzten Asterius die Haut auf, sodass er über all Kratzer und Schrammen hatte. Nur langsam beruhigte er sich und ging dann aussichtslos erschöpft mit den Wachen mit.

Als Syrius auf der anderen Seite angekommen war, betraten sie den gigantischen Baum. Doch alles Natürliche war aus dem Baum entfernt worden. Eine enorme Wendeltreppe führte vom Boden bis in die Krone. Die Stufen leuchteten in hellblauem Licht, während das Innere des Baumes noch immer blau-grün erhellt war, das sich kaum von dem anderen Licht außerhalb des

Baumes unterschied. Auf dieser gigantischen Wendeltreppe herrschte überraschend viel Getriebe, denn Hunderte von diesen menschenähnlichen Kreaturen tummelten sich hier. Für Syrius wirkte dieses Innere des Baumes wie ein riesiges Treppenhaus, in dem man zu den verschiedenen Häuschen gelangen konnte.

Ein kräftiger Schubs zeigte Syrius, dass er die Treppen aufsteigen sollte. Noch immer von seinen zwei Begleitern geschoben und gezogen folgte er Antonius, der ebenso staunend diesen Bau betrachtete. Syrius wusste nicht genau wie lange sie die endlosen Treppen nach oben stiegen, aber es kam ihm wie eine Ewigkeit vor. Doch innerhalb dieser Ewigkeit verging die Zeit wie im Flug, denn fast ausschließlich Frauen kamen ihnen entgegen. Eine schöner und graziöser wie die andere. Alle beflügelten sie seine Gedanken und ließen heiße Wärme durch seinen Körper fließen, die ihn erregte. Jede dieser Frauen würde er beglücken und jede dieser Frauen könnten ihm sein. Sie alle benebelten Syrius und wirkten so reizend und anmutig auf ihn, dass er mit Sicherheit einige angesprochen hätte, wenn er nicht das Seil um die Handgelenke tragen würde.

Es schnitt in sein Fleisch, sodass allmählich warmes Blut aus der Wunde floss, das jedoch das Seil aufsog. Syrius versuchte seine Arme und Hände so wenig wie möglich zu bewegen, doch weil die beiden Männer beständig den festen Griff um seine Oberarme hielten befand er auch diese Bemühungen bald als zwecklos.

Plötzlich blieben sie stehen. Sie standen vor einer dicken Holztür, die schon nach kurzer Zeit geöffnet wurde. Syrius betrat einen winzigen Raum, der ganz einem Gericht ähnelte. Durch zwei riesige Fenster strömte das seltsame Licht und erhellte jeden Winkel. In der Mitte des Raumes stand ein Stuhl, der aus blauem Holz gefertigt war. Er wirkte einladend. Syrius aber wunderte es, dass er nach diesem langen aufstieg im Grunde genommen keine Erschöpfung spürte. Seine Beine fühlten sich mechanisch, aber nicht schwer an und er musste sich dazu zwingen nicht weiter zu laufen, als die Männer ihn zum Anhalten hießen. Hinter dem blauen Holzstuhl saßen zwei Frauen und ein Mann auf einem Podest. Die Frau, die in der Mitte saß, blickte herablassend auf sie nieder. Ihr Gesicht hatte ebenso junge Züge und Schönheiten wie auch das der anderen Frauen, aber sie wirkte nicht benebelnd und anziehend auf die Männer, da ihre Augen nur zornerfüllt funkelten und ihr Haar weiß im Licht strahlte und ihr damit ein reiferes Aussehen verlieh.

Syrius hörte wie die Tür hinter ihnen geschlossen wurde. Die Frau mit den weißen Haaren sah sie der Reihe nach an.

„Warum seid ihr hier? Welchen Grund gibt es, dass ihr in unseren Wald gekommen seid, unaufgefordert und unerlaubt?" Die Stimme der Frau war schneidend und hart. Syrius' Wächter hatten ihren Griff gelöst, standen aber dennoch hinter ihm. „Du da", sie zeigte mit ihrem langen Zeigefinger auf Antonius, „antworte mir!"

Antonius' Herz raste vor Aufregung. Was sollte er ihr sagen? Welchen Grund könnte er ihr sagen und sie damit zufrieden stellen? Kreidebleich starrte er sie an.

„Antworte!", wiederholte die Frau mit den weißen Haaren.

„Wir wussten nicht, dass ihr ... dass ihr existiert. Wir waren uns keiner Schuld bewusst", antwortete Antonius, wobei seine Stimme heftig zitterte.

„Das ist kein Grund in unser Reich einzudringen! Ihr habt uns bedroht und seid eine Gefährdung unserer

Existenz", sagte die Frau weiter und blickte Antonius durchdringend an.

„Wir wussten nicht, dass wir in Euer Reich eindringen, wie könnt Ihr uns denn da für schuldig bekennen?"

„Eindringlinge müssen einen guten Grund haben. Sie werden nicht bevorzugt, sondern nur ausgefragt. Hast du das verstanden?" Antonius nickte. „Wir werden morgen über euch und euer weiteres Schicksal richten. Eindringlinge müssen bestraft werden und man muss sie verurteilen!" Die Stimme der mittleren Frau verstärkte sich mit jedem Wort, sodass sie am Ende beinah schrie.

„Bringt sie in die Zellen. Ich will morgen früh über sie richten!" Antonius merkte wie die beiden Wächter ihn wieder am Oberarm griffen und davon schleifen wollten. Doch erst jetzt sah er, wer von seinen Gefährten sich wirklich in diesem Raum befand: Zwei fehlten!

Plötzlich riss sich Antonius los und machte einige Schritte auf die drei Personen zu. Mit wutverzerrtem Gesicht und pulsierenden Halsadern funkelte er die Frau an.

„Wo sind sie? Was habt Ihr mit ihnen gemacht? Wo sind Soraja und Atreius? Wo sind sie? Was habt ihr ihnen angetan?", schrie Antonius.

Die Frau mit den weißen Haaren lächelte nur böse und feindselig und machte dann eine abwinkende Geste, die den Wächtern verdeutlichte, dass die Gefangenen ihr aus den Augen kommen sollten.

Antonius wurde von hinten gepackt und von den beiden starken Männern davon gezerrt. Wütend blickte er die Frau noch einmal an, ehe er sich umdrehte und mit den Wächtern mit lief.

Atreius erwachte aus wunderbaren und sanften Träumen. Weich gebettet lag er in flaumigen Kissen, die sich herrlich an seinen schlanken Körper schmiegten. Ein Duft voller Frische und Liebe durchfloss seine Nase und nur langsam blinzelte er mit den noch schweren Augenlidern. Atreius befand sich in einem runden Zimmer, das gefüllt mit weichen Kissen und kleinen Tischchen war. Bunte Vorhänge flatterten leicht im Wind einer nächtlichen Brise. Vor dem Fenster war es bereits dunkel geworden, aber der Raum wurde von einem eigenen blau-grünen Licht erhellt. Sanft ließ sich Atreius wieder zurück in die Kissen sinken, als er eine unscheinbare Berührung im Nacken spürte. Erschrocken drehte er sich hastig um und blickte in ein wunderschönes Gesicht, das ihn lächelnd betrachtete.

Es war das vollkommene Antlitz einer Frau mit grünen Augen und blau-grün schimmernder Haut. Ihr langes welliges Haar lag geschmeidig über ihre Schulter, die schmal und anmutig hervortrat.

Langsam setzte sich Atreius wieder auf und beobachtete die kniende Frau, die jetzt liebevoll seine Haare streichelte. Kurz darauf stand die Frau auf. Ihr schlanker Körper betonte die vollen Rundungen ihrer Brüste und Hüften. Sie lief zu einem der kleinen Tischchen und trug eine Schale gefüllt mit den verschiedensten Sorten von Obst zu Atreius zurück.

Sie kniete sich wieder vor ihn hin und sah ihm tief in die Augen. Noch immer lag dieses verführerische Lächeln auf ihren weichen Lippen und ließ ein unglaublich warmes Gefühl durch seinen Körper fluten. Es verschwand nur kurz als sie fragte:

„Wie heißt du?"

Zuerst bekam er keinen Ton heraus. Er war noch so überwältigt und perplex, dass er gar nicht registrierte, was die Frau gesagt hatte. Erst einige Momente später fand Atreius wieder zu Worten: „Atreius. Mein Name ist Atreius." Seine Stimme war sehr leise und hauchig, aber dennoch überzeugt. Die Frau begann wieder zu lächeln, nur leicht und fast unauffällig, aber entspannt. „Wie heißt Ihr?", fragte Atreius schüchtern.

„Eutra. Ich habe bereits Bekanntschaft mit einem deiner Gefährten gemacht und es hat mich doch sehr beeindruckt." Verwundert starrte Atreius sie an. Er hatte völlig vergessen, dass er mit anderen Leuten hierher gekommen war, aber auch von denen wusste er so gut wie nichts. „Es war eine Frau, die einzige in eurer Gruppe. Sie muss die Anführerin sein und du ihr Stellvertreter", erzählte Eutra weiter. Zunächst verstand Atreius nichts von dem, was sie sagte, aber schon nach kurzer Zeit erkannte er die Situation für sich und stimmte ihr nickend zu. „Warum habt ihr unseren Wald betreten?"

„Nun ja, wisst Ihr, genau das ist das Problem. Ich kann es Euch nicht sagen, weil ich es nicht weiß. Diese Frau hat mit mir nicht darüber geredet, sondern nur mit den Männern, weil sie meine reine Seele nicht beschmutzen wollte", antwortete Atreius überzeugt, aber dennoch mit sarkastischem Unterton in der Stimme. Skeptisch blickte Eutra ihn an. Sie musterte ausführlich sein Gesicht und seine Züge, die im Licht besonders gut hervorgehoben wurden.

„Vielleicht hast du recht, aber vielleicht belügst du mich auch. Hast du Angst? Wenn du Angst hast verstehe ich, wenn du mich belügst. Solltest du jedoch Gefallen daran finden, muss ich dich dafür bestrafen", sagte sie mit fester, beinah schon drohender Stimme.

Ängstlich sah er ihr in die Augen. Nichts von dem warmen Gefühl war ihm jetzt noch geblieben, nur ein kalter Schauer lief ihm über den Rücken und stellte seine Nackenhaare auf. Verlegen blickte Atreius zu Boden. Nur langsam konnte er überlegen, was er nun tun müsse.

„Ich kann Euch nicht die Wahrheit sagen, weil Ihr mich nicht verstehen würdet. Das einzige, was ich darüber weiß ist, dass sie ihr Reich vor irgendjemandem retten wollen, weil dieser es sich aneignen will. Aber mehr weiß ich wirklich nicht."

„Das macht nichts. Du hast mir damit unglaublich weiter geholfen", sagte Eutra zufrieden nickend. Dann stand sie auf und ging.

Kurze Zeit später öffnete sich wieder die Tür und vier Frauen gleichsam anmutig und schön wie Eutra traten in das kreisrunde Zimmer ein. Ihre schlanken Oberkörper waren von einem durchsichtigen Tuch bedeckt, das eine der Frauen langsam von ihrem Körper fallen ließ und sich neben Atreius setzte. Ihren Schenkel legte sie sanft auf seine Beine und ihr Arm umschlang weich seine Brust. Auch die drei anderen Frauen näherten sich Atreius und besänftigten ihn friedlich.

„Du bist unser kleiner Held, Atreius. Wir werden dich verwöhnen und nie wieder von hier gehen lassen. Wie findest du das?", flüsterte eine der Frauen mit langem, schwarzen Haar und roten Mund ihm ins Ohr. Sie blickte ihm tief in die Augen und ihre Nase berührte schon seine.

„Das hört sich gut an", antwortete Atreius benebelt und leise, überwand noch die letzten Zentimeter und küsste sachte die vollen Lippen dieser Frau. Dann ließ er sich von ihr in die weichen, zarten Kissen führen und schlummerte in einen Trancezustand.

In der Zwischenzeit war es bereits Nacht geworden und Syrius, Asterius, Antonius, Kurius, Phillippus, Davius, Fredericus und Felicitus saßen in einem dunklen Raum umgeben von wuchernden Pflanzenranken. Alle waren von ihren Fesseln befreit worden und rieben sich vorsichtig die Handgelenke, in die das Seil eingeschnitten hatte. Der kleine Raum wurde nur von einer einzigen Fackel erleuchtet, die vor der Zelle stand. Erschöpft vom vielen Treppensteigen auf und ab, hockten sie auf dem kalten Holzboden. Nur Syrius hatte noch die Kraft dauerhaft durch den Raum zu laufen und sich Gedanken zu machen.

„Wir müssen uns etwas überlegen, wie wir sie morgen dazu bringen können uns frei zu lassen. Was hatte die Frau doch gleich gesagt? Sie wolle uns richten? Aber wofür?", fragte er sich und bleib kurz stehen.

„Sie fühlen sich von uns bedroht. Sie glauben wir wären Eindringlinge, die ihnen schaden wollen. Ich weiß nur nicht, wie wir ihnen das ausreden wollen", antwortete Antonius auf die Frage seines Bruders.

„Und was meinten sie damit sie hätten unseren Anführer bereits gefragt? Wer ist denn der Anführer? Hat sie einen von euch damit gemeint?", fragte Syrius hastig weiter, aber alle schüttelten nur den Kopf. Aufgeregt lief er weiter durch den Raum und fuchtelte wild mit den Armen.

„Sie hat damit mit Sicherheit Soraja gemeint. Das ist die Einzige, die dafür in Frage kommt. „Ist euch denn nicht aufgefallen, das hier überwiegend Frauen leben? Ich habe keine Männer gesehen, außer die Wachen. Ist es denn da ein Wunder, wenn sie glauben eine Frau sei unsere Anführerin?" Antonius blickte bewusst seinen Bruder an, der immer noch heftig erregt durch den Raum lief.

„Nein, das ist es natürlich nicht", sagte er. „Aber wo ist Soraja? Und wohin haben sie den Jungen gebracht?"

„Fühlst du dich jetzt für sie verantwortlich? Glaubst du, du seiest daran schuld? Ich glaube kaum, das diese Menschen, oder was auch immer sie sein mögen, einem Anführer etwas zu leide tun. Wahrscheinlich liegen Soraja und unser kleiner Mitläufer gerade in weichen Betten und schlafen", meinte Asterius, der in der dunkelsten Ecke saß und dessen Züge man nur wage durch den Schatten erkennen konnte. Doch Syrius hatte dieser Anmerkung kaum Beachtung geschenkt. Weiterhin lief er hektisch durch die Zelle und fuchtelte wild mit den Armen.

„Syrius? Hast du Asterius nicht gehört?", fragte sein Bruder. Doch Syrius reagierte nicht darauf, außer aufgebracht vor sich hin zu murmeln, er sei an allem schuld.

Asterius hielt es nicht länger aus. Er sprang aus seiner dunklen Ecke auf und packte Syrius von hinten. Sein riesiger, kräftiger Körper umschlang den eher schmalen Körper von Syrius und riss ihn mit nach unten. Asterius packte ihn bei den Schultern, blickte ihm dabei ins Gesicht und sagte laut: „Es ist nicht deine Schuld! Hast du mich verstanden? Den beiden geht es mit Sicherheit gut, glaub mir. Wenn du dir weiterhin Vorwürfe machst schlage ich dich! Hast du das verstanden?" Zitternd nickte Syrius. Er war durch und durch aufgelöst. „Du bleibst jetzt hier unten sitzen und schläfst ein bisschen, in Ordnung?" Syrius nickte wieder und legte sich vorsichtig auf den Boden. Mit seinen

Armen umschlang er den Körper, zog die Beine an sich und kauerte wie ein Säugling zitternd dort auf dem Holzboden. Auch die anderen befolgten den Rat und schliefen ein wenig, damit sie am nächsten Tag genug Kraft für den Prozess haben würden.

„Aufstehen! Na los, beeilt euch!" Eine laute Männerstimme riss Antonius aus dem Schlaf und brachte damit seine Gedanken durcheinander. Er hatte von Soraja geträumt, die wieder zur Beichte gekommen war und ihm erzählt hatte, dass sie von Syrius schwanger war. In diesem Augenblick hatte er ein unglaubliches Gefühl der Eifersucht gespürt, das sich tief in seine Magengrube setzte, bis er aus diesem Traum gerissen wurde. Jemand zerrte ihn auf die Beine und betätschelte sein Gesicht. Verschwommen erblickte er Syrius' Gesicht, also sein eigenes. Davon noch völlig geschockt stieß er einen kurzen Schrei aus, der nun auch seine letzten Müdigkeitsgefühle vertrieb.

Der Mann, der sie geweckt hatte, war einer der Wachen. Er fesselte nun wieder jeden einzelnen der Mannschaft und teilte ihnen je zwei Wachen zu, die sie mit auf den Weg zum Richtsaal begleiteten. Als Antonius die Fesseln erneut um die Handgelenke gelegt bekam, hätte er am liebsten geschrien. Seine über die Nacht geronnenen Handgelenke platzten sofort wieder auf und die Fesseln schnitten tiefer in sein Fleisch. Vorsichtig versuchte er eine Methode zu finden, wo er seine Arme und Hände so wenig wie nur möglich bewegen müsse, aber durch die beiden Wächter sowohl an seiner rechten als auch an seiner linken Seite, die beständig seine Oberarme hielten, erschien ihm das schon nach kurzer Zeit wieder aussichtslos.

Als sie auf Höhe des Richtersaales ankamen brachten sie die Männer in eines der benachbarten Zimmer. Dort saßen schon die anderen auf einer Reihe von Stühlen und auch Antonius gesellte sich dazu.

„Ihr wartet hier, bis ihr aufgerufen werdet", befahl der Mann, der sie geweckt hatte. Seine Stimme klang irgendwie monoton und abgehackt, ganz und gar unnatürlich.

Schweigend blickten sie einander an und warteten. Es dauerte nicht lange bis einer der Wachmänner die schmale Tür öffnete und Phillippus gerufen wurde. Niemand sprach, aber jeder dachte über das bevorstehende nach. Es schien gar nicht lange zu dauern bis Kurius gerufen wurde, dann Asterius, Fredericus, Davius und Felicitus. Letzten Endes blieben nur noch die Zwillinge übrig, die jetzt nervös auf ihren Stühlen hin und her rutschten und sich eigentlich gar nicht im Klaren waren, was passieren würde. Niemand der anderen war zurückgekommen. Keinen hatten sie danach wieder gesehen, von niemandem war auch nur ein Wort zu hören. Im Gegenteil, es war überhaupt nichts zu hören. Kein Rauschen der Blätter oder des Windes, kein Stimmengewirr oder Schritte. Nicht einmal die Tür machte irgendein Geräusch.

Geräuschlos öffnete sich die Tür und der Wachmann trat erneut ein. Da sich äußerlich die beiden kaum unterschieden, wusste er nicht, welchen von beiden er nun ansprechen sollte. Deshalb blickte er zwischen ihnen hin und her, was sie noch nervöser machte.

„Syrius, soll als nächstes ins Gericht", sagte der Mann und ließ Syrius passieren. Wieder blieb Antonius zurück und dachte an das, was ihm in dem Gericht wiederfahren würde. Besorgt über Syrius, Soraja und die anderen fiel er auf seine Knie und starrte auf den

Boden. Die Zeit verging nur sehr langsam, aber während dessen spürte Antonius, dass Syrius sich gerade heftig ausließ und sein Herz raste. Noch nie in seinem ganzen Leben hatte Antonius eine Verbindung zwischen ihm selbst und seinem Bruder verspürt. Erst in dieser eigentümlichen Situation war es ihnen gelungen eine Verbindung herzustellen, ganz gleich ob unbewusst oder nicht. Erst nach Ewigkeiten öffnete sich die Tür und nun wurde auch Antonius gebeten mitzukommen. Der Mann brachte ihn auf die andere Seite zum Gerichtssaal. Der Stuhl, der bereits am Tag zuvor schon in der Mitte des Raumes gestanden hatte, war auch jetzt anzutreffen.. Aber jetzt wirkte er bedrohlich und nicht mehr so friedlich. Auch diesmal saßen die zwei Frauen und der eine Mann vor diesem Stuhl auf ihrem Podest. Sonst war niemand außer den zwei Wachen im Raum.

Mit einer Geste wies die Frau in der Mitte Antonius den Stuhl an. Zögernd bewegte er sich darauf zu und hatte ungewöhnlich zweifelnde Gedanken. Langsam setzte er sich auf den Stuhl, aber noch ehe er sich ganz gesetzt hatte schossen hinter Antonius riesige, dicke Pflanzenranken heraus, die in der Luft stehen blieben und sich dabei um sich selbst wanden.

„Wie ist dein Name?", fragte die Frau in der Mitte mit weißem Haar, das bis auf den Boden glitt.

„Antonius", antwortete dieser mit deutlicher Stimme. Sein Gefühl sagte ihm, das auch Syrius die Wahrheit erzählt hatte und er nun das gleiche tun musste.

„Gut. Warum bist du in unseren Wald eingedrungen, ohne Erlaubnis, ohne richtige Kenntnis darüber, wem der Wald eigentlich gehört. Was genau war dein Anliegen dafür, hier in diesen Wald einzudringen und uns damit zu bedrohen?" Wieder war die Stimme der Frau kalt und schneidend, ohne jegliche Liebe oder Benebelungen.

„Mir war, wie Ihr bereits sagtet, nicht bewusst, dass dies Euer Wald ist. Wir glau-", begann Antonius, wurde aber von der Frau unterbrochen.

„Wir? Ich habe dich nach deinem eigenen Anliegen gefragt. Die anderen habe ich bereist angehört, nur du selbst musst uns noch Antwort geben."

„Nun gut. Ich glaubte zu wissen, dass wir... ähm ich ihn einfach passieren könnte, ohne jemandem damit zu schaden. Ich wusste nichts von Eurer Existenz."

„Davon habe ich bereits schon Kenntnis genommen. Warum bist du hier? Das ist meine Frage. Beantworte sie auch dem gemäß und versuche nicht mir auszuweichen", schnitt wieder ihre Stimme durch den Raum.

„Ich bin mit der Absicht hierher gekommen, um Hades zu finden und ihn davon abzubringen mein Heimatland zu zerstören und in sein Reich der Finsternis zu integrieren. Mein Heimatland liegt auf der Insel Zakynthos, die Hades bis jetzt außer Acht gelassen hat. Mir ist bekannt, dass das Tor zur Unterwelt sich hier in diesem Wald oder in der Nähe befinden soll, deshalb kam ich hierher. Nicht, um Euer Reich zu zerstören, sondern um meines zu retten."

„Das ist eine Lüge. Hades hat bereits sämtliche Länder der Menschen unter seiner Kontrolle. Niemand kann von sich behaupten, er hätte noch ein Stück freies Land! Belüg mich also nich-, sondern sage mir die Wahrheit!", sagte die Frau. Mit jedem Wort hatte sie ihre Stimme lauter gemacht, sodass sie nun schrie.

„Aber das genau ist die Wahrheit! Ich belüge Euch nicht! Ich bin Pfarrer. Ich darf und kann nicht lügen, es würde Gott nur erzürnen!", schrie nun auch Antonius heftig, dessen Stimme sich bei fast jedem Wort überschlug.

„Du sollst die Wahrheit sagen und mich nicht belügen!"

Plötzlich merkte Antonius nur noch einen entsetzlichen Schmerz in der Brust, ehe er für einen kurzen Moment in sich zusammensackte. Die enormen Pflanzenranken hatten sich um ihn geschlungen und zerquetschten ihm nun seine Lunge, sodass er keine Luft mehr bekam. Auf einen Wink des Mannes hin lösten sich die Ranken wieder etwas, sodass nun wieder Luft in Antonius' Körper floss. Stöhnend aufatmend blickte er die Frau hartnäckig aus erschrockenen Augen an.

„Die Wahrheit!", rief jetzt auch die zweite Frau.

Antonius war drauf und dran zu lügen, aber er wusste, dass auch Syrius nicht gelogen hatte, bis zum Schluss nicht, also dürfte auch er jetzt nicht lügen, sondern musste standhaft bleiben.

„Das ist die volle und ganze Wahrheit, ob Ihr es anerkennt oder nicht. Deswegen bin ich hier, wegen nichts und niemand anderem!", seine Stimme war leiser als vorher, denn immer noch hatte er einige Probleme zu atmen. Die Ranken verstrafften langsam wieder, aber er versuchte weiterhin wach zu bleiben.

„Ich will, dass du mir die Wahrheit sagst! Dein Anliegen ist völlig absurd, das muss eine Lüge sein", sagte die mittlere Frau, die zu Antonius gekommen war und sich stützend auf die Lehnen vor sein Gesicht gebeugt hatte.

Antonius kamen die Tränen in die Augen, da er vor Verzweiflung nicht mehr wusste, wie sie ihm glauben könnte. „Das ist die Wahrheit. Die reinste Wahrheit", antwortete er mit tränenden Augen und verzweifeltem Ausdruck.

Mit einem Ruck drehte sich die Frau um, ging zu ihrem Stuhl zurück setzte sich und machte eine Geste, damit sich die Ranken wieder von ihm lösten und im Boden verschwanden. Lächelnd blickte sie ihn an. Jetzt wirkte ihr Gesicht so natürlich und freundlich, ganz anders als noch einige Momente zuvor, in denen sie ihn maßlos provoziert hatte.

„Du hast recht. Es ist die Wahrheit, die du sagst und bei der du bleibst, selbst wenn dir jemand die Luft zum atmen wegnimmt. Du bist ein guter Mann, das spüre ich. Von dir geht durchaus etwas heiliges, göttliches aus. Wir haben keinen Gott wie ihr ihn habt, aber dennoch weiß ich gut, was heilig ist, denn ich war früher oft mit den Menschen zusammen. Habe getanzt, gelacht und geredet. Oft habe ich von Gott gehört, der mir, auch wenn ich nicht an ihn glaube, dennoch zugänglich und verständlich geworden ist. Ich weiß nun, dass du solch ein Mensch bist, dem man vertrauen kann, weil Gott dir vertraut", sagte die Frau mit freundlichen Zügen. Wieder machte sie eine Geste. Einer der Wächter kam zu Antonius und löste dessen Fesseln. Das warme, rote Blut lief an seinen Händen nach unten und tropfte geräuschlos auf die Erde. Ein brennender Schmerz durchfuhr diese Stellen und Antonius musste sich dazu zwingen möglichst kaum die Arme zu bewegen.

„Bringt ihn zu den anderen. Behandelt die Wunden und lasst ihn bis morgen früh schlafen. Bringt ihn dann zum Richtplatz, damit ich das Urteil verkünden kann."

Der zweite Wächter half Antonius aufzustehen und führte ihn sachte aus dem Raum, die Treppen nach oben. Lange stiegen sie hinauf. Mit jedem Schritt schwanden seine Kräfte immer mehr, denn das Blut floss immer weiter und weiter aus seinem Körper und hinterließ eine Spur von Blutstropfen. Das einzige, was Antonius wusste war, dass er ein unheimlich großes Zimmer betrat, dass durch seltsames Licht erhellt wurde. Dann brach er zusammen und der Wächter trug ihn die letzten paar Schritte. Er legte Antonius auf eines der Kissen und bat eine der Frauen ihm die Handgelenke zu verbinden. Es war eine ausgesprochen junge und hübsche Frau. Sie rieb die Wunden mit einer seltsamriechenden Salbe ein und verband die Handgelenke dann mit Leinentüchern. Sie ging so vorsichtig und behutsam mit Antonius um, dass er nicht erwachte. Erst als sie kurz mit ihrem Arm sein Bein streifte wachte er auf.

Verwundert sah er sie an, aber gleichzeitig auch verblüfft. Die Frau lächelte ihn an und gab ihm einen Kuss auf die Stirn, dann wollte sie gehen, aber er hielt sie zurück.

„Bitte geh' nicht. Ich möchte dir doch dafür danken", sagte Antonius lieb. Sie blickte nur kurz lachend über ihre Schulter ehe sie weiter ihres Weges ging. Jetzt konnte sich Antonius erst richtig umsehen. Dieses riesige Zimmer war ein Ort der Liebe. Überall lagen Frauen, die sich mit anderen Frauen oder Männern unterhielten. Einige Meter entfernt sah er Kurius über eine nackte Frau geneigt, die sich ihm wollüstig hingab. Am anderen Ende des gigantischen Raumes sah er Syrius, der noch ebenso verwundert aussah wie Antonius selbst.

Syrius blickte sich um und empfand nichts außer Freude und Verwunderung. Nur ein winziger Teil ließ ihn an all dem hier zweifeln. Er sah nicht weit von ihm entfernt zwei Frauen, die sich gerade küssten. Die eine hatte kurze blonde Haare, während die andere lange rote Locken hatte. Die Blondine streifte vorsichtig die dünnen Tücher der anderen ab und berührte sanft die Brüste. Sie umfasste die Frau mit den roten Haaren und küsste nun deren gesamten Oberkörper. Während Syrius den beiden zusah umfing ihn eine sonderliche Lust, die er bisher nur bei Rania gespürt hatte. Die Blondine bemerkte sein wachsendes Interesse und flüsterte der anderen etwas ins Ohr, worauf diese sich umdrehte und langsam auf ihn zu gekrochen kam. Auch die blonde Frau gesellte sich an seine Seite und fuhr ihm mit der Hand von den Beinen bis zur Brust. Schon bald fand sich auch noch eine dritte Frau mit schwarzen Haaren bei diesem Liebesakt mit ein, den sie zu viert ausgiebig und auslebend vollzogen. Noch nie hatte Syrius so etwas erlebt. Er glaubte nicht etwas besseres überhaupt einmal erlebt zu haben und schlief spät in der Nacht verschlungen mit den drei Frauen ein, die ihn von allen Seiten begehrten und berührten.

VII. Das neue Gesicht und die Mora

Syrius erwachte in den frühen Morgenstunden, erschöpft und müde streckte er sich. Wo waren sie hin? Wo waren all die Frauen hin mit denen er letzte Nacht in Berührung gekommen war? Erschrocken setzte er sich auf und betrachtete den Raum. Niemand. Keine einzige Frau lag auf dem Boden oder lief durchs Zimmer. Am anderen Ende erkannte er Antonius, der noch tief schlummerte und nicht weit weg von ihm lag Asterius, dessen Brustkorb sich ebenfalls noch immer gleichmäßig hob und senkte.

War alles nur ein Traum gewesen? Hatte er vielleicht gar nicht mit den Frauen geschlafen, sondern alles nur geträumt? Nein, das konnte nicht sein. Syrius war nackt und er konnte noch den Duft der drei Frauen an seiner Haut riechen. Ein herrlicher Duft voll Schönheit und Glanz, der ihm warm durch den Körper rann. Es war kein Traum gewesen.

Langsam stand Syrius auf und lief zu Asterius, der laut vor sich hin murmelte als Syrius ihn an der Schulter anstieß. Auch Asterius lag nackt in Kissen gebettet, nur seine Extremitäten waren von dünnen Tüchern bedeckt.

„Wer? Was? Wie? Wo? Was ist hier los?", fragte Asterius mit blinzelnden Augen und schläfrigem Ausdruck.

„Wir sollten aufstehen. Die Wachen müssen jeden Moment kommen und uns zum Richtplatz bringen", antwortete Syrius. Noch immer völlig überfordert mit dieser Aussage bewegte sich Asterius langsam zu seinen Sachen, die verstreut auf dem Boden verteilt waren.

Syrius durchquerte den Raum und weckte die anderen, die ebenso verschlafen und durcheinander waren wie er selbst. Nur Antonius schien vollkommen klar im Kopf zu sein.

„Glaubst du nicht auch, dass das alles ein Traum gewesen sein könnte?"

„Nein. Die Frauen waren wirklich da. Ihr habt euch ja auch prächtig um sie gekümmert", grinste Antonius seinen Bruder an, der verleger zu Boden sah. Antonius selbst hatte keine der Frauen angefasst, geschweige denn mit ihr geschlafen oder ähnliches. Er war nur beständig in ein Gespräch mit seiner Heilerin vertieft gewesen, die ihn auch nicht versucht hatte zu umgarnen.

Syrius suchte auch seine Sachen zusammen und zog sich wieder an. Kurz darauf öffnete sich die Tür und eine der Wachen kam herein. Er trug ein Tablett mit frischem Obst und fremden Speisen, die er ihnen zum Frühstück anbot.

Köstliche Leckereien verbargen sich hinter merkwürdig Aussehendem. Süßes und Saures, Herzhaftes und Feines, alles, was ein Herz begehrt lag auf diesem Tablett.

Nachdem sie sich satt gegessen hatten brachte sie der Wachmann gemeinsam mit vier anderen zum Richtplatz. Wieder stiegen sie eine Ewigkeit die Treppen nach oben und wieder strahlte dieses sonderbar blaugrüne Licht. Aber diesmal begegnete ihnen keine einzige Frau und damit auch keine einzige Person. Die gigantische Treppe schien völlig ausgestorben zu sein. Nichts rührte sich. Kein Lüftchen und auch kein Laut war zu hören. Es schien als wäre alles gespannt auf das Urteil, das nun verkündet werden sollte.

Sie näherten sich der Krone und erreichten diese auch bald darauf. Durch eine kleine Treppe kamen sie auf eine weite Plattform, die hoch über den Bäumen, noch über der Krone, lag und von gleißendem Sonnenlicht erhellt wurde. Es war eine beeindruckende Aussicht. Ihnen eröffnete sich ein freier Blick über den gesamten Wald. In der Ferne erkannten sie das tosende Meer und den Strand, aber das Schiff konnten sie schon nicht mehr entdecken. In entgegengesetzter Richtung, gar nicht weit entfernt, erhob sich ein riesiges Gebirge, von dem kein Ende sichtbar war.

Warme Luft strömte in vollen Zügen in Syrius' Körper. Diesen beeindruckenden Blick würde er nie wieder vergessen. Es überwältigte Syrius, sodass er für einen Augenblick vergaß aus welchem Grund er hier oben auf der Plattform erschienen war.

„Ja, es ist in der Tat eine wunderschöne Aussicht, die ihr nur einmal in eurem Leben betrachten werden könnt", sagte wieder die schneidende Stimme der mittleren Frau mit den weißen Haaren. Genau wie in dem kleinen Gerichtssaal saßen die zwei Frauen und der Mann auf einem Podest. Doch diesmal standen die Wachen ringsum den gesamten Platz und überwachten jeden Schritt der Fremden. Alle acht Männer stellten sich auf Geheiß in einer Reihe auf und betrachteten erwartungsvoll die drei Richter.

„Euch ist bewusst, dass wir nun das Urteil verkünden werden. Ihr seid in unseren Wald eingedrungen und habt uns allein mit dieser Tatsache bedroht und uns in unserem Frieden gestört. Es ist schon sehr lange her, dass Menschen in diesem Wald erschienen sind. Ihr habt unbewusst gehandelt und könnt einen guten

Grund für euer Eindringen geben", sprach die Frau weiter. Ihr langes weißes Haar wehte im Wind und schimmerte glänzend. Sie vollzog eine auffordernde Geste und sagte: „Bringt sie her. Und zwar beide." Daraufhin setzte sich einer der Wachmänner in Bewegung.

Niemand sprach ein Wort. Alles war still. Kein Laut außer dem leichten Wind war zu hören, der raschelnd durch die Blätter der Bäume ging. Angespannt standen sie da und warteten. Weder Antonius noch Syrius wussten worauf sie warteten, aber Antonius ahnte etwas, dass ihm gar nicht gefiel. Einen kurzen Augenblick später trugen zwei kräftige Männer eine menschengroße Statue auf den Richtplatz. Sie stellten diese vor der mittleren Richterin ab und verschwanden wieder.

„Was ist das?", fragte die Richterin und blickte Syrius an.

„Das ist eine Statue von einer menschlichen Frau", antwortete er.

Antonius betrachtete die Steinfigur genauer und mit jeder Sekunde raste sein Herz schneller und schneller. „Das ist nicht nur eine Statue", fiel er ein. „Das ist Soraja!" Seine Stimme zitterte mit angsterfülltem Unterton und schmerzerfülltem Ausdruck. Antonius starrte auf die Figur, die er dennoch so geliebt hatte und der er nie seine Liebe offenbaren konnte.

„Dein Bruder hat recht. Das ist eure Anführerin. Wie ich bereits sagte, haben wir sie schon verhört. Aber sie provozierte uns einmal zu viel." Syrius blickte ihr fragend in die grünen Augen. „Wir sind Medusen. Im normalen Zustand sehr anmutig und reizend, verführerisch und liebevoll. Werden wir aber wütend so verändert sich unsere Gestalt und wir verwandeln alles, was wir bewusst sehen zu Stein. Eure Anführerin hat eine unserer Frauen zu sehr gereizt. Nun trägt sie die Konsequenzen dafür!" Die Frau sprach jeden einzelnen persönlich an. Ihr Blick schweifte über die angstverzerrten Gesichter und nachdem sie geendet hatte, umspielte ein zartes Lächeln ihre Lippen, das nicht etwa gehässig oder böse wirkte, sondern freundlich und aufbauend.

„Seid nicht traurig darüber, denn ihr werdet sie wieder sehen und wieder mit ihr sprechen können. Unser Urteil basiert auf der Annahme, dass ihr alle die Wahrheit gesprochen habt. Nur die Augen können lügen, aber das taten sie nicht. Wenn ihr wirklich versuchen wollt Hades aufzuhalten, so werden wir euch nicht daran hindern. Auch unser Volk ist ein Gegner von Hades, doch können wir ihm nicht so gegenüber treten. Hiermit kommt ihr frei und könnt eure Reise fortsetzen. Gemeinsam mit ihr", sie wies auf Soraja. „und mit ihm."

Sie blickten sich um. Atreius wurde von einer wunderschönen Frau begleitet, die anmutig schwebend an seiner Seite verweilte. Sein Gesicht sah zufrieden und gesund aus und seine Wangen leuchteten rötlich im Sonnenlicht. Die beiden verbeugten sich kurz vor den Richtern und warteten dann auf eine Antwort.

„Atreius. Deine Gefährten lassen wir frei und damit auch dich. Ich weiß, dass du Gefallen an unserer Gastfreundlichkeit hattest, aber dennoch darfst du nicht hier bleiben. Du musst mit deinen Gefährten gehen, die du kennst und die dich beschützen können. Zwölf Jahre bist du erst alt. Dein Leben steht noch vor dir. Hier wäre es schnell zu Ende und selbst wenn du dir dies wünschst, so liegt tief in deinem Innern der Wunsch nach Leben verborgen, den du hier nicht finden kannst.

Zieh nun also weiter und geh deinen Weg gemeinsam mit den Menschen", sagte die Frau mit den weißen Haaren und lächelte ihn an. Ihr Stimme klang jetzt so weich und herzerfüllt, sanft und zugänglich, dass nichts an die schneidenden Töne erinnerte. Atreius war dieser Frau ans Herz gewachsen, auch wenn sie sich nur einmal gesehen hatten. Aber nun musste sie ihn loslassen und vergessen.

Traurig sah Atreius zu Boden. Eine glitzernde Träne floss über sein bleiches Gesicht und tropfte sachte zu Boden. Eutra hielt ihn fest im Arm und tröstete ihn leise.

„Es ist deine Entscheidung. Du selbst musst dich für einen Weg entscheiden, den du gehen willst. Ich weiß, dass dir die Menschen viel bedeuten, das war schon immer so. Wir alle überlassen dir die Entscheidung: Gehen oder Bleiben, aber du musst sie jetzt treffen, sonst ist es zu spät", sagte die mittlere Frau zu Eutra, die ihr standhaft in die Augen sah und nickte.

„Ich habe meine Entscheidung getroffen. Nichts würde mein Herz mehr beglücken, als hier zu bleiben, wo ich aufgewachsen bin und lebe. Aber diese erneute Begegnung mit den Menschen weist mich auf meinen Weg, der nicht hier her führt, sondern zu den Menschen, für die ich lebe und die ich liebe. Ich werde immer hier sein und an euch gedenken, aber lasst mich diesmal mit ihnen gehen, damit ich nicht noch einmal so lange leiden muss", antwortete Eutra fest und bittend. Alle Richter nickten und erhoben sich.

„Du hast eine gute Entscheidung getroffen, die dir diesmal einen anderen Weg zeigen wird, den du allein gehen musst. Doch vorher musst du mir noch eine Bitte erfüllen, die ich habe: Erlöse sie. Nur du, da du sie zu Stein gemacht, kannst zurückholen, was verloren. Tu es jetzt", forderte die Frau mit den weißen Haaren bittend.

Eutra löste die Verbindung zu Atreius und ging langsam auf die versteinerte Soraja zu. Sie kniete nieder und sah Soraja tief in die Augen. Dann streichelte sie ihr über den Kopf und küsste den kalten, steinernen Mund. Nichts rührte sich. Erst als Eutra ihre Stirn an Sorajas presste, verwandelte sich diese wieder zu einem Mensch aus Fleisch und Blut. Erschrocken blickte sie auf und sah Eutra, die noch immer vor ihr kniete.

„Ich bitte bei dir um Vergebung, Soraja. Mir stand es nicht zu, dich zu bändigen und zu Stein zu verwandeln. Vergib mir", flüsterte Eutra und senkte den Kopf.

Nickend strich Soraja ihr über den Kopf und antwortete leise, sodass nur sie beiden einander verstehen konnten. „Ich vergebe dir, aber ich weiß, dass es an mir gelegen hat. Es tut mir leid." Beide umarmten kurz einander, ehe sie die Plattform verließen und einige Vorkehrungen für die anstehende Reise trafen.

Die Sonne stand noch nicht am Himmel als sie aufbrachen. Syrius hatte kaum geschlafen, weil er immer über das Bevorstehende nachdachte und darüber hinaus nicht in den Schlaf fand. Doch selbst als er eingeschlafen war, riss ihn ein Traum aus dem Schlaf, sodass er am nächsten Tag völlig übermüdet und kraftlos zur Reise aufbrach.

„Du siehst nicht gerade so aus als ob du jetzt bereit für solch eine lange Strecke wärest. Hast du denn nicht geschlafen?", fragte Eutra neugierig.

„Nein", schüttelte Syrius den Kopf. „Ich konnte kaum schlafen." Er zuckte mit den Schultern. „Ich weiß aber nicht warum."

„Das geht mir manchmal leider auch so", antwortete sie und lächelte ihn an. Ihre rosigen Wangen wirkten seltsam auf der blau-grünen Haut, aber auch ihre Augen strahlten erfreut.

Sie stiegen die gigantische Wendeltreppe nach unten und als sie ihr Ende erreichten, war der Boden ungewöhnlich weich unter ihren Füßen. Antonius schwankte leicht und musste sich krampfhaft an Soraja festhalten, die von ihm nach hinten gezogen wurde, sodass sie übereinander fielen. Ihre Augen trafen sich und nichts von dem Vergangenen oder Gegenwärtigen spielte nun noch eine Rolle. Seine Wangen glühten rot und heiß auf und ein warmes Gefühl durchströmte seinen Körper. Sorajas Augen leuchteten und auch ihre Haut fühlte sich mit einem Mal warm und verführend an. Ihre Nasen berührten sich fast und weicher Atem berührte sanft ihre Gesichter. Tief blickten sie einander in die Augen und dadurch wurde das gribbelnde Gefühl im Magen noch mehr und mehr verstärkt.

Sie konnten nicht sagen wie lange sie einander so in die Augen sahen, sie waren völlig gelöst von Raum und Zeit, aber wahrscheinlich waren es kaum mehr als einige Minuten.

„Antonius? Was ist denn los?", riss eine Stimme sie aus den Träumen.

Verwirrt sah er sich um und entdeckte Phillippus mit fragendem Ausdruck vor sich „Ich war es nicht mehr gewohnt festen Boden unter den Füßen zu haben, deshalb konnte ich mich nicht mehr halten und habe nach etwas zum Festhalten gegriffen. Leider habe ich Soraja erwischt, die mich natürlich nicht mehr halten konnte." Noch immer nicht ganz bei Sinnen half ihm Phillippus auf, der zuvor Soraja geholfen hatte.

Der Wald war kaum wiederzuerkennen. Dicht stehende Bäume in unheimlichen Schatten und viel Gestrüpp bereiteten ihnen den Weg. Eutra führte sie auf sicheren Wegen durch das Dickicht, doch trotzdessen handelten sich alle einige Kratzer und Schrammen ein, da die Zweige unaufhaltsam und hartnäckig immer zurück schlugen und ihre scharfen Äste gegen die feine Haut ihrer Passanten prallten.

Gegen Mittag kamen sie in ein kahles, lebloses und völlig ödes Gebiet. Weder Blätter noch Früchte hingen an den toten Bäumen, in denen nicht der geringste Hauch von Leben war.

„Wo zur Hölle sind wir?", fragte Kurius, der misstrauisch die Gegend betrachtete. Auch die anderen machten keine freundlichen Minen, sondern blickten teilweise verängstigt oder durcheinander in dieses Waldgebiet.

„Wir sind nun in der Nähe zum Tor der Unterwelt, in der es kein Leben gibt, sondern nur tote Seelen und Hades", antwortete Eutra und ging weiter vorwärts, wobei sie ihren Schritt beschleunigte.

„Uns können dort keine Gefahren entgegenkommen? Wenn dort nichts lebt, dann wird das ja der reinste Spaziergang", antwortete Kurius und lachte laut.

„Natürlich wird das kein Spaziergang, du Dummkopf", erwiderte Eutra wütend. „Es gibt dort keine Lebewesen, die ihr als lebendig bezeichnet! Aber natürlich lässt Hades seine Unterwelt gut überwachen. In der Tiefe gibt es viel schlimmere Geschöpfe als ihr kennt. Sie können im Dunkeln sehen, sehen dich und dann schleichen sie sich von hinten an, um die zu überfallen und zu töten. Dann, wenn sie sich satt an dir gegessen haben, schleifen sie den Rest von dir zu Hades, damit er deine Seele in seine Sammlung aufnehmen kann. Nennst du das also einen Spaziergang, den man nachmittags vor lauter Langeweile in den Straßen deiner Stadt macht?"

Kurius blickte sie wortlos und geschockt an. Seine Züge waren entsetzlich verzogen und verkrampft. Er schien nicht mehr so überzeugt von seiner Meinung, sondern sehr eingeschüchtert „Nein, wahrscheinlich hast du recht."

„Was sind das für Lebewesen, die im Dunkeln sehen können?", erkundigte sich Syrius.

„Einige von ihnen sind harmlos und zahm. Sie haben es verlernt zu jagen und größere Lebewesen zu töten. Sie fressen nur Ungeziefer und kleine Tierchen. Aber andere von ihnen sind tückisch. Man nennt sie Mora. Ein Moros ist nur so groß wie ein Kind im Alter von sechs Jahren. Es reicht mir gerade mal bis zur Hüfte. Das Moros läuft auf vier Beinen, die mit scharfen Krallen geschärft sind und hat einen sehr langen Schwanz, mit dem es einen Menschen zur Bewusstlosigkeit schlagen kann. Mora haben einen festen, stabilen Kiefer mit spitzen Zähnen, die gerade zu einladend zum Beißen sind. Im Licht kann man ihre riesigen Augen sehen, deren Pupille dann winzig klein wird, bis sie beinah verschwindet. Besonders diese Geschöpfe sind die Gefahr, in die wir uns begeben. Andere Lebewesen ziehen sich eher in versteckte Winkel und E-cken zurück und kommen nicht aus ihrem Versteck heraus, weil sie ebenfalls von den Mora bedroht werden", erzählte Eutra und verlor sich dabei anscheinend in ihre Gedanken, da sie als sie geendet hatte plötzlich aufblickte, blinzelte und kurz den Kopf schüttelte. Dann drehte sie sich wieder um und lief weiter.

Nach einigen Stunden lichtete sich der Wald zunehmend. Die vereinzelt stehenden Bäume wurden immer seltener bis letztendlich nicht ein einziger Baum mehr stand, sondern sich vor ihnen nur eine gigantische schwarze Felswand in die Höhe erstreckte. Dieser dunkle Fels ließ Soraja einen kalten Schauer über den Rücken laufen, der ihr die Nackenhaare zu Berge stehen ließ. Beeindruckt und gleichzeitig erschrocken über solch ein Bild stieß sie einen kurzen schreienden Laut aus, den jedoch nur Antonius hörte, der nicht weit von ihr entfernt lief. Besorgt sah er Soraja an, deren Gesicht so verängstigt aussah.

„Ja, es sieht nicht gerade sehr einladend aus", sagte er leise zu ihr.

„Ja." Sie nickte. „Es ist so beängstigend und beklemmend. Diese schwarze Felswand kann doch unmöglich etwas gutes Bedeuten, oder?"

„Nein. Ich glaube auch nicht, dass das Tor zur Unterwelt etwas so positives ausdrückt, eher Leere und Tod", antwortete er ihr und lief jetzt neben Soraja. Sie sah ihn dankend an und lächelte verlegen. Ihre rosigen Wangen erröteten sich, sodass das sonst so bleiche Antlitz anmutig und schöner wirkte. Auch Antonius sah sie die Verlegenheit ins Gesicht, doch er schaute schnell wieder auf den Weg.

Kurze Zeit später hatten sie ihr vorläufiges Ziel erreicht. Eine winzige Schneise, gerade breit genug für Asterius, der die größte und fülligste Körperfigur hatte. Nachdem sich jeder einzelne mehr oder weniger durch die kleine Öffnung hindurchgequetscht hatte, betraten sie einen engen Gang, der in die unergründliche Dunkelheit führte. Kein Licht konnte man erkennen und auch kein Geräusch war zu vernehmen. Eutra entzündete zwei Fackeln. Eine nahm sie in die Hand, die andere gab sie Phillippus, der für sie noch der vernünftigste und erfahrenste Mensch dieser Gruppe war.

Syrius lief direkt hinter ihr und musterte sie nochmals genau. Alle weiblichen Reize vereinten sich in dieser Frau, die in ihm etwas Ungebändigtes entfesselte.

„Wer war es?", fragte Syrius leise. Eutra drehte sich kurz um und schenkte ihm nur einen fragenden Blick, der aber entgegenkommend auf ihn wirkte. „Du sagtest, dass du bereits mit Menschen in Kontakt gekommen bist. Erzähle mir darüber. Was ist passiert und wer war es?"

„Du musst wissen, dass wir Waldbewohner sehr, sehr alt werden können. Es ist nun schon zweihundertfünfzig Jahre her. Damals kamen ebenfalls Menschen wie ihr in den Wald, die wir für Eindringlinge erklärten und mit denen wir genau denselben Gerichtsprozess durchführten wie mit euch. Damals bestand diese Gruppe von Menschen aus sechs Männern, die alle im gleichen Alter und in gleichem Zustand waren, doch trotz dieser Ähnlichkeit gab es für mich nur einen Mann, dem ich meine Schönheit freiwillig schenken wollte. Du selbst weißt, dass jede einzelne Medusa schön und anmutig auf euch Männer wirkt und deshalb wollte ich einen Mann kennen lernen, mit dem ich diese Schönheit teilen wollte." Sie blickte in Gedanken versunken durch die Dunkelheit und lief immer weiter ihres Weges, als ob sie gar nicht nachdenken bräuchte, wo lang sie zu gehen hätte.

„Hast du einen solchen Mann denn jemals gefunden?"

„Ja. Sein Name war Claudius. Er war ungefähr in deinem Alter, genauso stark und gut gebaut wie du und wie seine Gefährten auch. Aber dennoch hatte er etwas einzigartiges an sich, was ich niemals verstanden habe. Er war attraktiv und immer freundlich und irgendwie wusste ich auch, dass er nicht wie die anderen Männer nur meinen Körper haben wollte. Er wollte mehr. Er wollte mich besitzen, meinen Körper und meinen Geist, mein Leben, meine Erfahrung, einfach alles. Aber er wollte mir diesen Besitz auch wieder geben. Alles, was er mir nehmen würde, würde er mir von sich aus geben. Ich wusste, dass er mein inneres Wesen und dessen Schönheit erkannte und auch nur diese liebte, nicht mein Äußeres." Eutra senkte den Kopf. Noch während sie Syrius dies alles erzählte, wusste er, dass sie jämmerliche und unerträgliche Schmerzen erlitt. „Aber genau das taten wir dann auch - wir liebten einander. Wir liebten uns so sehr, dass wir alles andere um uns herum vergaßen und er deshalb auch bei mir blieb. Seine Gefährten waren eines Tages verschwunden, wir wussten nicht, wohin sie gegangen waren, aber man erzählte, dass sie ihn zurückgelassen hatten und wieder nach Hause gefahren sind. Doch ich glaube, dass sie genau wie ihr zu Hades gegangen sind. Aber ich weiß, dass sie ohne Erfolg waren und alle tot sind. Keiner hat es bis jetzt geschafft, lebendig wieder aus diesen Felsen herauszukommen und deshalb musste auch Claudius sterben."

„Was? Er ... Er ist ... tot?", fragte Syrius entsetzt und blieb für einen winzigen Augenblick stehen.

„Ja", antwortete Eutra traurig. „Ich habe ihn getötet!" Sie atmete tief ein und blickte Syrius nun fest in die Augen. „Nachdem die Richter wussten, dass alle bei der Reise ums Leben gekommen waren, sah ich mich gezwungen ihm diese Nachricht zu überbringen. Aber er konnte es nicht ertragen. Es waren seine Freunde und seine Familie gewesen und nur wegen der Liebe zu mir hatte er dies aufgegeben, doch er hatte dies erst bemerkt, als es schon zu spät war. Ich fühlte mich so schuldig. Mehr als ein Mal hatte ich in dieser Zeit einen Spiegel in der Hand, der mich dann zu Stein hätte werden lassen. Aber immer wieder hinderte mich die Liebe zu ihm an diesem Schritt. Claudius wurde schon nach kurzer Zeit krank, aber niemand konnte ihn heilen. Er ist über den Verlust seiner Familie niemals hinweggekommen und wurde deshalb immer kränker. Ich wusste schon nach einigen Tagen, dass ich ihn verlieren würde, weil er sich selbst aufgegeben hatte. Er liebte mich noch immer, aber in seinem tiefen Inneren zerstach er sich allmählich selbst. Ich wusste, dass der Tag kommen würde, an dem er mich bitten würde ihn zu töten, weil er den Schmerz nicht länger aushalte. Die Krankheit hatte ihn so dermaßen geschwächt und ausgemerzt, dass er nur langsam vor sich hinvegetierte. Ich konnte das nicht mit ansehen. Und dann fragte er mich. Er fragte mich, ob ich ihn töten würde. Er wusste, dass eine Heilung unmöglich war und nur diese Erlösung für ihn bestände." Wieder neigte sie ihren Blick zu Boden und wieder wusste Syrius, was sie jetzt für Schmerzen erlitt. „Ich tat es. Nachdem ich ihn Tausende Male gefragt hatte und er sich immer wieder sicher war, ließ ich ihn zu Stein werden. Doch selbst wenn ich ihn wieder lebendig hätte machen wollen, wäre er nicht wieder aufgewacht, weil in dem Moment, in dem ich ihn ansah, mein Herz und meine Liebe für ihn entzwei brach und ich ihn damit niemals wieder hätte zum Leben erwecken können. Nach wenigen Tagen zerfiel die Statue zu Staub, den ich noch immer in einer kleinen Kiste aufbewahre, um mich an diese einmalige Liebe zu erinnern."

Syrius empfand schmerzendes Mitleid mit Eutra, die ihm sehr viel bedeutete. Und trotz dieser Zuneigung empfand er nicht den geringsten Anflug von Eifersucht, nur Mitleid und Schmerz. Und genau in diesem Moment, in dem er mit Eutra leidete, sah sie ihm tief in die Augen.

„Es ist schon sehr lange her, aber ich habe den Schmerz nie richtig überwinden können. Wäre ich bereits damals schon mit ihnen gegangen, hätte ich sie retten können und dann wären sie vielleicht alle noch am Leben - auch Claudius." Ein trauriger Unterton begleitete diese Worte, die dennoch ohne Schmerz in Syrius' Ohren lagen.

„Aber vielleicht hättest du es nicht verhindern können und wärest mit ihnen gestorben."

„Ja, vielleicht, aber dann hätte ich keine zweihundertfünfzig Jahre in tiefen Schmerzen leiden müssen, sondern wäre in meiner Liebe zu ihm gestorben."

Da war es wieder. Genau das gleiche freudige Funkeln, das Eutra schon vorher im Blick hatte, strahlte auch jetzt wieder aus ihren Augen, als sie Syrius ansah. Ein flaues Gefühl breitete sich in seinem Magen aus und durchströmte seinen Körper. Liebe. Liebe war etwas, das Syrius noch niemals richtig gespürt hatte. Nur Rania hatte ihm bisher dieses Gefühl gegeben, aber ob man bei einem einzigen Mal schon von Liebe sprechen kann? Das konnte er kaum glauben. Liebe musste etwas erfüllendes sein, das für Ewigkeiten anhielt und das unglaublich wichtig für jemanden sein musste. Er konnte sich allerdings kaum vorstellen, das man nicht nur auf die körperlichen Tätigkeiten bedacht war. Was sollte man denn sonst noch tun? Wie konnte man nicht nur auf miteinander schlafen bedacht sein? Er war unerfahren und beinah noch Jungfrau, wenn es um solche Angelegenheiten ging, die mehr als nur körperliche Vereinigung betrafen.

Was hatte Eutra denn damit gemeint, dass Claudius ihre innere Schönheit entdeckt und schätzen gelernt hatte? Könnte er sie darüber befragen, oder würde sie ihn dann für dumm und unerfahren halten? Syrius beschloss auf eine angemessene Situation zu warten und sie dann vielleicht zu fragen.

Es vergingen die Minuten und Stunden. Schweigend liefen sie hintereinander her und spähten in die Dunkelheit, die nur durch den milden Schein der Fackeln erleuchtet wurde. Die Felswände verengten sich und weiteten sich, aber beständig führte der Gang in eine Richtung. Seltsame Geräusche aus der Tiefe waren manchmal zu vernehmen. Sie waren leise und brummig. Keines der merkwürdigen Wesen begegnete ihnen. Die Mora schienen sich zurückzuhalten, oder waren sie gar nicht da?

Erst nach so langer Zeit kamen sie an eine Kreuzung, die in drei Richtungen führte, die von einer kleinen Höhle aus in drei Gänge münceten. Eutra blieb stehen. Fragend blickte sie Syrius an, der ebenso unwissend schien.

„Welchen Weg müssen wir gehen?", fragte Phillippus, der die Fackel hoch in die Luft hielt, um besser sehen zu können.

„Ich weiß es nicht. Ich kenne den Weg zur Unterwelt nicht, weil ich noch nie dort gewesen bin. Welchen würdest du denn nehmen, Phillippus?"

Er zuckte kurz mit den Achseln, sah sich dann aber noch einmal aufmerksam um. Syrius suchte bei den Eingängen nach irgendeinem Hinweis. Abgenutzter Boden vielleicht, oder aufgewirbelter Staub, aber er konnte nichts finden.

„Wir dürfen uns auf gar keinen Fall trennen", sagte Antonius und sah Soraja kurz in die Augen. Plötzlich veränderte sich sein Gesichtsausdruck und fragend starrte er sie dann wieder an.

„Was ist das auf deiner Haut?"

Soraja war die ganze Zeit immer im Lichtkegel gelaufen und beständig angestrahlt worden, aber jetzt stand sie etwas im Schatten. Merkwürdige, kleine Stellen zeichneten sich auf ihrem Gesicht ab.

„Was meinst du?"

„Da", er zeigte auf einen Punkt. „Du leuchtest etwas." Behutsam schob er sie in den stockdunklen Schatten hinter ihr, in den kein einziger Lichtstrahl gelangte. Ihr gesamtes Gesicht war von hell leuchtenden Punkten bestückt, die irgendwie sortiert angeordnet waren. „In deinem Gesicht leuchten Punkte. Spürst du nichts anderes?"

„Nein, alles ist genau so, wie es die ganze Zeit auch schon war", antwortete Soraja und trat wieder aus der völligen Dunkelheit heraus.

Syrius trat zu Antonius, der Soraja immer noch verwundert musterte. Auch Syrius betrachtete die Punkte genauer und wunderte sich über solche eigenartigen Merkmale.

„Was ist das und woher hast du das?", fragte er. Doch auch Soraja schüttelte nur mit dem Kopf. „Ich habe diese Punkte schon einmal gesehen, aber ich kann mich nicht mehr erinnern, wo ich sie gesehen habe." Syrius überlegte, bis es ihm wieder einfiel. „Das sind Sterne. Meine Mutter hat mir als ich klein war immer den Sternenhimmel gezeigt und erklärt, nach welchen Sternen man sich richten müsse, um in die verschiedenen Himmelsrichtungen zu kommen. Das ist genau die Sternkarte, die ich als Kind auswendig lernen musste", sagte Syrius begeistert.

„Aber man kann eine Sternkarte doch nur von unten betrachten, oder? Der Himmel ist doch schließlich da oben und wir sind unten", stellte Antonius fest. Syrius kniete sich auf den Boden und Soraja blickte auf ihn hinab. Er blickte ihr direkt von unten ins Gesicht, sodass dieses wie der Himmel gefüllt mit Sternen wirkte. Syrius starrte eine ganze Weile auf diese Karte, ehe er wusste wie er sich hinhocken musste, damit er seine auswendig gelernte Sternkarte wiedererkannte.

„Da ist Norden, da Osten und da Westen. In welche Richtung müssen wir denn gehen?" Syrius blickte kurz auf und Antonius sagte:

„In einem der Bücher stand, dass man ans Ende der Welt gehen muss, um die Unterwelt zu finden. Aber ich kann mir daraus leider nicht sehr viel ableiten."

„Aber ich kann es." Sie sahen sich um und Phillippus lächelte ihnen altväterlich in die Augen. „Ich weiß, dass es kein Ende der Welt gibt, aber kann man denn Ende nicht auch mit Untergang gleichsetzen?"

Sie sahen ihn immer noch fragend an. „Na und? Was bringt uns das jetzt?", fragte Kurius weiter und zuckte dabei nur mit den Schultern.

„Das gibt uns die Antwort", lachte Antonius. „Untergang. Die Sonne. Die Sonne geht immer im Westen unter, damit wissen wir, wohin wir gehen müssen." Antonius schien sehr zufrieden mit sich zu sein und auch Phillippus nickte eifrig. Syrius bestimmte den Gang, der am ehesten im Westen lag und diesen betraten sie dann.

Ein widerlicher Geruch von verfaultem Fleisch schoss ihnen in die Nase. Spinnennetze und etwas Glitschiges benetzten die Wände, die so eng beisammen standen. Sie liefen hintereinander, immer weiter und weiter. Die schwarzen Felswände schienen immer näher zu rücken und schon bald mussten sie weitere Höhlen durchqueren, in denen Syrius immer mit Hilfe von Soraja den Weg bestimmen konnte und sie dadurch recht zügig voran kamen.

Niemand wusste, ob es schon Nacht war oder Tag, da die Dunkelheit ihnen jegliches Gefühl für Zeit raubte. Doch nach scheinbar so langer Zeit musste es wohl schon mitten in der Nacht sein. Je tiefer sie in den Fels eindrangen, desto heftiger wurde der übelkeitserweckende Geruch und desto weniger war auch die Zeit einschätzbar. Doch als sie wieder in eine Höhle kamen, von der aus sechs weitere Wege führten, hielt Eutra inne und ließ sich nieder.

„Ich kann nicht beurteilen, wie es euch geht, aber ich bin hundemüde und kann unmöglich weiter laufen."

„Ja, ich denke, dass sie da wohl recht hat", stimmte ihr Syrius zu, der stets direkt hinter ihr gelaufen war, um sich manchmal mit ihr zu unterhalten. Er setzte sich neben sie und sah die anderen an. Diese ließen sich einer nach dem anderen nieder und suchten sich eine gute Stelle, um hier die Nacht oder den Schlaf zu verbringen.

Kurius gesellte sich neben Phillippus, der einen besonders schönen Platz gefunden hatte.

„Geht es Euch gut, mein Herr?", fragte er den alten Mann.

„Ja, ich bin nur ein wenig erschöpft vom vielen Laufen. Das ist alles." Verwundert blickte Kurius ihn an. Das war doch fast unmöglich: Ein solch alter und zerbrechlicher Mann sollte nur ein wenig erschöpft sein? „Trotz meines Alters bin ich sehr wohl noch sehr gut zu Fuß, das könnt Ihr mir glauben, werter Kurius." Der alte Mann lächelte sanft und legte sich hin, um zu schlafen.

Noch immer völlig perplex drehte sich nun auch Kurius auf eine Seite und schlief nach reichlichen Überlegungen über Phillippus ein.

Antonius lag nah bei Soraja, die einige Meter von ihm entfernt lag und in sich hinein schlummerte. Aber Antonius selbst konnte kaum ein Auge zu machen, so sehr war er in Gedanken bei Soraja, die ihn verzauberte und gleichzeitig verwirrte. Er lag neben Davius, der leise vor sich hin schnarchte und sich ständig im Schlafe auf die andere Seite schmiss.

„Sie haben sich alle niedergelassen und schlafen", sagte Eutra zu Syrius, der neben ihr lag, dicht, aber ohne sie zu berühren. „Ich glaube, ich sollte dir etwas sagen, Syrius." Ihre Augen leuchteten in der Dunkelheit, aber trotz dieser konnte er Eutras Umrisse gut erkennen.

„Shh. Du brauchst mir gar nichts sagen, weil es mir deine Augen sagen", flüsterte er leise zurück. Ganz langsam näherte sie sich ihm und er ihr. Bis sie nur noch wenige Zentimeter von einander entfernt waren. Dann fasste er ihr ins Haar und zog ihr Gesicht noch weiter an seines, bis er sie vorsichtig küsste. Es war ein langer, anhaltender und erfüllender Kuss, den ihre Zungen genüsslich ausführten. Dann blickte Eutra ihm tief in die Augen und lächelte. Aber irgendwie war es ein anderes Lächeln. Nicht dieses freundlich gespielte und verführerische, sondern ein kindliches, das ihr Gesicht so natürlich aussehen ließ. Diesen warmen Blick erwiderte er in unermesslicher Fülle. Und trotz dieses dennoch so verführerischen Anblicks war Syrius keines Falls auf etwas intimes aus. Jetzt verstand er endlich, was es bedeutete die innere Schönheit zu lieben und nicht die äußere. Er wusste, dass Eutra ihn so liebte, wie sie Claudius geliebt hatte und er wusste, dass sie dies auch von ihm wusste. Leise legte sie ihren Kopf auf seine Brust, die weich ihr Antlitz einbettete. Er küsste ihr Haar und drückte seinen Mund so fest er konnte daran und ein genussvoller Duft stieg ihm in die Nase, der ihn sanft beflügelte. Sie rutschte näher zu ihm und küsste ihn dann erneut wieder und wieder ... und wieder, bis sie beide erschöpft von so viel Liebe ineinander versunken und fest umschlungen ruhig da lagen und in die Dunkelheit blickten.

Eutra legte ihren Kopf wieder auf seine Brust, doch diesmal traf sie auf etwas hartes, das sie sofort vorsichtig unter seiner Kleidung hervorholte und anstarrte. Ein kleines, rundes Amulett hing um Syrius' Hals und gerade wollte er Eutra aufhalten, als sie es aber bereits küsste. Sie hatte ihre vollen Lippen fest an das Amulett gedrückt, das augenblicklich grün aufleuchtete.

„Warte", rief Syrius leise und zuckte heftig als er die leuchtende Farbe sah. Sein Herz raste aufgeregt und seine Gedanken verknoteten sich in einen Chaosknäuel in seinem Kopf. Verwirrt und außer Stande etwas zu sagen blickte er Eutra an, die verwundert auf das Amulett starrte.

„Was bedeutet das?", hauchte sie leise fragend ohne den Blick abzuwenden.

„Das Amulett habe ich von Hades bekommen, als Kommunikationsmöglichkeit. Er sagte, dass es grün aufleuchten würde, wenn ich es küsste, aber dann wüsste er, dass ich seinen Vorschlag angenommen hätte. Aber genau das wollte ich verhindern!" Bestürzt sah er immer wieder das Amulett an, das leuchtend grün in Eutras Händen lag. Entschuldigend und voller Furcht in den Augen sah sie ihn an, aber auch das konnte kaum die Wut in Syrius' Brust lindern. Heftig atmend und die Fäuste zusammen ballend schaute er zornerfüllt in die Dunkelheit, in der kaum mehr als die tiefatmenden Geräusche der Schlafenden zu hören waren.

Langsam beruhigte er sich wieder, da sich seit dem verhängnisvollen Kuss noch nichts gerührt hatte. Er begann zu glauben, dass Hades vielleicht gar nicht reagiert habe oder er vielleicht schon in Syrius' Reich angekommen sei, um ihn zu suchen. Tatsache war nur, dass er sich nicht in dieser kleinen Höhle aufhielt, sonst hätten sie wenigstens Schritte hören müssen.

Vorsichtig nahm Syrius Eutra das Amulett aus der Hand und verstaute es wieder unter seinen Sachen. Eutra legte ihren Kopf sanft auf seine Brust und schlief schon bald vor Müdigkeit ein. Nur Syrius blieb noch einige Minuten wach, ehe er in die Welt der Träume eintauchte.

„Aaaah!" Jemand schrie. „Aaa-", schrie die selbe Stimme, die mit angsterfülltem Nachklang abgewürgt wurde. Syrius erschrak und sprang auf. Er konnte kaum etwas durch die Dunkelheit erkennen, nur merkwürdige Silhouetten schienen durch die kleine Höhle zu streifen. Plötzlich war es still. Nichts und Niemand rührte sich. Auch der Mann, der geschrieen hatte war mit einem Mal verstummt.

Leise schleichend bewegte sich Syrius in die Richtung aus der der Schrei gekommen war. Noch immer schien alles versteift und stehen geblieben und nichts bewegte sich. Doch plötzlich hörte Syrius einen Laut. Schmatzen. Jemand oder Etwas schmatzte, machte kauende Geräusche. Aber wer konnte das sein? Niemand würde mitten in der Nacht aufstehen, erst einmal alle wach schreien und dann noch etwas essen. Noch immer konnte er nichts erkennen. Syrius kniff die Augen fest zusammen, um dadurch einen Schatten oder Umriss durch die Finsternis zu erspähen. Und das, was er jetzt sah, zeriss ihm fast das Herz, sodass er am liebsten ebenso laut und angsterfüllt geschrieen hätte, wie der Mann, der jetzt vor ihm lag.

Zwei riesige, funkelnde Augen starrten gebannt auf jede Bewegung, die Syrius machte. Gleichmäßiges Atmen drang an sein Ohr und verwandelte es in heftiges Rauschen, das sein stark fließendes Blut erzeugte. Das kauende Geräusch kam von *ihm*. Warmes Blut tropfte von *seinen* scharfkantigen Zähnen, die in der Dunkelheit gut erkennbar waren. Da stand es. Da stand es ganz und gar – ein Moros. Fleischfetzen hingen aus seinem Maul, die widerlich blutig waren.

Das Moros hatte Felicitus im Schlaf überrascht und dann mit einem heftigen Biss in die Kehle getötet. Fürchterlich schräg und unnatürlich lag der Kopf auf der Seite, denn das grausame Biest musste ihm das Genick gebrochen haben. Wieder senkte es den Kopf hernieder, um sich an Felicitus' Fleisch satt zu fressen. Es vergrub sich in seine Eingeweide, wodurch wieder dieses schmatzende Geräusch an Syrius Ohren drang und hob letztendlich wieder den Kopf, stets Syrius anstarrend. Dieser war völlig steif und geschockt. Sein Herz hämmerte, dass er glaubte jeder in dieser Höhle müsse es hören. Auch seine Knie zitterten heftig, sodass er unglaublich viel Kraft brauchte, um nicht nachzugeben und damit zu fallen, denn dann wäre er des Todes.

Wieder und wieder labte sich die Bestie an dem blutenden Fleisch, aber Syrius konnte nur wie angewurzelt dastehen und das Vieh anstarren. Manchmal war ein lautes knacken vom Zertrümmern der einzelnen Knochen zu hören, die es nun ebenfalls fraß. Langsam, aber nur ganz langsam wurde Syrius seine Ausweglosigkeit klar. Ihm kam nichts in den Sinn, wie er dieses Bestie vertreiben und damit an der Demütigung von Felicitus' Leiche hindern könnte. Hilflos stand er da, rührte sich nicht und wagte auch nicht wegzusehen, weil ihn dann die Bestie mit großer Wahrscheinlichkeit angegriffen hätte.

Doch was nun geschah, verschlimmerte die Situation erheblich. Plötzlich erschien aus dem Nichts eine zweite Kreatur, die aus der Dunkelheit sprang und sich auf den starren Fredericus, der nur einige Meter weiter von der fressenden Bestie weg befand.

„Aaaaah", schrie auch er, was nur noch weitere Mora anlockte, die mit einem Mal die ganze kleine Höhle besiedelten. Eine weitere scheußliche Kreatur rannte zu Felicitus und riss ihm gierig einige Stücke aus dem Leib.

Hastig sah sich Syrius um. Auch die anderen waren alle aufgestanden und in seine Richtung geeilt, doch er stürzte ihnen nur entgegen, weil er sich selbst an einem sehr ungünstigen Platz befand. Als er Fredericus hatte schreien hören, wollte er ihm sogleich zu Hilfe kommen, aber da hatten sich schon viele Mora auf ihn gestürzt und fraßen nun gierig und mit unerträglichen Geräuschen, die Syrius den Kopf wahnsinnig machten.

Plötzlich stieß er gegen etwas hartes und als er sich hastig und aufgeregt umdrehte, erstarrte er beinah vor Entsetzen. Es war nicht das, worauf er gewartete hatte, denn ihm war völlig bewusst, dass es nur eine dieser Bestien sein konnte, deren scharfe Klauen sich gleich in sein Fleisch bohren würden. Doch es war kein Moros. Es war Eutra, der er sofort in die Arme fiel und sich wie ein kleines Kind verängstigt an sie drückte.

Zitternd hielten sich beide einige Momente in den Armen, fest umschlungen und tröstend.

„Syrius!", schrie Antonius, der mit dem Rücken an sie beide stieß. Hektisch drehte Syrius sich um und erkannte das Ausmaß der Situation: Rings um sie versammelten sich immer mehr Mora, die stetig auf sie zukamen und damit den Kreis um sie enger zogen. Starr blickten ihre riesig funkelnden Augen sie an, kamen näher und näher. Immer enger drückten sich die Gefährten aneinander, um sich irgendwie zu schützen. Völlig verängstigt zitterten sie alle, denn die kleine Höhle wirkte mit einem Mal so kalt.

Die Mora ließen sich extrem viel Zeit, denn sie wussten, dass ihre Opfer keine Möglichkeit hatten zu entkommen. Massen dieser Kreaturen füllten die ganze Höhle aus. Es waren Hunderte von Bestien, die nur darauf warteten sich endlich ins Fleisch dieser Menschen zu bohren und sich satt zu essen. Die vordersten zwei Reihen duckten sich etwas und machten sie bereit zu springen. Ihre Krallen bohrten sich in den steinigen Untergrund und machten schrecklich kratzende Geräusche und von ihren Zähnen tropfte der gierige Speichel, der kleine Lachen auf dem Boden hinterließ. Die Mora gingen tiefer in die Knie und noch ein letztes Mal blitzte einen kurzen Augenblick lang ihr Augenlicht funkelnd in die Augen ihrer Opfer. Dann sprangen sie...

VIII. Ein unvorhersehbares Wiedersehen

Antonius hatte die Augen fest zusammengekniffen, um nicht die herannahenden Massen zu sehen. Er zitterte heftig und wartete, dass er den Todesstoß versetzt bekomme und nur noch die massigen Kiefer in sein Fleisch bohren fühle. Aber nichts geschah. Kamen ihm die letzten Momente seines Lebens etwa so lang vor? War es möglich, dass man in diesem Augenblick der Todesangst die Wahrnehmung für die Zeit verlor? War er vielleicht schon tot und hatte es nur nicht bemerkt, wie sich die Bestien auf ihn gestürzt haben?

Angestrengt versuchte er etwas zu hören, aber da war nichts. Er hörte nichts, alles war still. Ganz vorsichtig blinzelte er mit den Augenlidern und spähte langsam in die Umgebung. Aber auch hier konnte er nichts durch die kleinen Schlitze erkennen. Hastig schloss er wieder die Augen, aus Angst er könne dort seinen toten Körper wieder finden oder einfach nur in einem Nichts schweben. Aber wenn dort nichts war, dann musste er doch tot sein! Wenn er nichts mehr hörte und sah und auch nichts spürte, dann musste er doch tot sein, oder?

Eine ganze, lange Weile stritt er mit sich selbst, ob er die Augen nun öffnen sollte oder nicht. Doch dann siegte seine Neugier und langsam hob er eines seiner Augenlieder. Da sah er es. Er sah es nur mit einem Auge, aber gleich danach, noch immer unter Schock, riss er auch das zweite Auge auf, damit er seinen Augen trauen konnte. Die Höhle. Es war die selbe Höhle, in der er gerade vor Todesangst beinah gestorben wäre. Er stand auch immer noch auf seinem Platz und starrte in die tiefe Dunkelheit, die ihn unheimlich umfing.

Aber wo waren sie denn alle hin? Wo waren die Bestien hin, die ihn doch gerade noch aufschlitzen wollten? Wo waren sie hin?

Verwundert drehte er sich langsam um und fand dort seine Gefährten, gleichsam verwirrt und konfus. Alle standen perplex in der leeren Höhle, die so still lag.

„Endlich! Ich dachte schon, ich wäre umsonst losgelaufen!", ertönte eine heitere, fast schon belanglose Stimme aus einer Richtung, die hinter Antonius lag. Er kannte diese Stimme nicht und konnte sich nicht daran erinnern sie schon jemals gehört zu haben, aber dennoch hatte sie so etwas Vertrautes an sich. Langsam und noch immer unter Schock drehte er sich um und erblickte beim ersten Hinsehen nichts ungewöhnliches. Aber schon als er das zweite Mal genauer hinsah, erkannte er einen Mann, der in einem Eingang eines Ganges stand und lächelnd zu ihnen hinüber sah. Er war seltsam. Seine Haut war ganz blass, schimmerte bläulich und irgendwie war sie durchsichtig. Man konnte direkt durch ihn hindurch gucken und sah die andere Seite der Wand. Eilenden Schrittes steuerte er auf die kleine Gruppe zu, die noch immer dicht aneinandergedrängt war.

„Ich bin wirklich froh, euch alle gefunden zu haben. Schließlich dachte ich schon, ich sei umsonst losgelaufen." Niemand antwortete oder ging darauf ein. Antonius sah den Fremden muskulösen Mann im Alter von ungefähr zweiundvierzig Jahren nur stumm an und musterte seine Züge, die durch seine Durchsichtigkeit kaum zum Tragen kamen. „Was ist? Habe ich euch die Sprache im Mund verschlagen, oder habe ich etwas verpasst?" Und wieder antwortete keiner. Nach kurzer Zeit sah er jeden einzelnen an und sagte: „Ihr habt mich gerufen, das heißt, dass ihr doch wissen müsstet, wer ich bin, oder nicht? Da mir sicherlich keiner antwortet, möchte ich mich wenigstens vorstellen: Mein Name ist Bartholomäus." Antonius stieß einen kurzen, schrillen Laut aus, der allen die Nackenhaare stehen ließ.

„Ba... Ba... Bartho... Bartholomäus?"

„Ja, einer von euch muss das Amulett benutzt haben und mich damit aus meinem Totenbett auferstehen lassen." Noch immer konnte niemand antworten, weil sich jeder versuchte auf die Bedeutung der Worte zu konzentrieren. „Weshalb habt ihr mich aus dem Grab geholt, eh? Ich habe nicht ewig Zeit", sagte Bartholomäus nun harscher.

„Ich habe es benutzt, aber ich wusste doch nicht...", antwortete Eutra.

„Das macht nichts, denn schließlich war es doch für etwas gut. Die Mora sind gefährlich. Ich glaube, dass ich gerade zum Richtigen Zeitpunkte kam. Ein Moros kann alles essen und jagen und schreckt vor nichts zurück, außer vor dem Geruch der toten Seelen. Menschliche Nasen riechen unseren eigentlichen Körpergeruch nicht, nur die Lebewesen, die hier unten leben meiden uns Tote. Wenigstens sind auch da die Mora keine Ausnahme." Wieder lächelte der mysteriöse Mann und lachte jeden von ihnen an. Dann drehte er sich um und lief in die Richtung, aus der er gekommen war. Die kleine Gruppe stand immer noch regungslos da, doch schien der Schreck der letzten Erfahrung überwunden, denn Kurius war der Erste, der Bartholomäus zögernd folgte. Dieser machte nur eine auffordernde Geste und ging gemütlich durch den Eingang des Ganges.

Einer nach dem anderen folgte ihm nun. Schon bald konnten sie wieder klar denken und hatten sich sichtlich gefasst.

„Ich wusste, dass ihr es seid, die ich suchen muss. Doch niemals hätte ich gedacht, dass ich euch wirklich jemals beide zu Gesicht bekommen würde", sagte Bartholomäus zu Syrius und Antonius, die beide neben ihm liefen. Syrius sah Antonius fragend an und zuckte mit den Schultern.

„Er ist unser Vater", antwortete Antonius.

„Ja. Ich habe euch damals an Tillus gegeben, der mir versprach euch fürsorglich aufzuziehen."

„Das hat er auch. Jedenfalls mich. Kurz nachdem Ihr fort ward wurden wir beide getrennt. Syrius wurde von der Königin und dem König aufgezogen und ich von Tillus, der mich gut behandelte."

„Wir wussten es nicht. Ich dachte, ich wäre wirklich der Prinz und wäre einzigartig. Aber als der König starb brauchten wir einen Pfarrer für den letzten Segen und da lernte ich meinen Bruder kennen. Das war vor ungefähr zwei Monaten", sagte Syrius und sah dabei unentwegt in seines Vaters Gesicht.

„Warum habt ihr denn nicht den königlichen Pfarrer rufen lassen?"

„Er war eine Woche vorher gestorben und weil mich Tillus das Pfarrersamt gelehrt hatte, lebte ich auch immer noch in der selben Kirche, in der du uns zurückgelassen hast." Antonius sprach nicht vorwurfsvoll, sondern verständnisreich. Er wusste, dass sein Vater keine Wahl gehabt hatte, als seine beiden Söhne zu ihrem eigenen Schutze wegzugeben.

„Wie seid Ihr gestorben?", fragte Syrius einfühlsam und leise. Traurig blickte Bartholomäus zu Boden. Er war so beschämt und voller innerer Trauer, dass er kaum zu hören war, als er begann.

„Ich überlebte den Krieg. Ich überlebte den Krieg, weil ich immer an euch und Desdomina gedacht habe. Ich klammerte mich an den Gedanken euch noch einmal sehen zu können. Der Krieg war vorbei. Ich musste nur ein halbes Jahr für unser Reich kämpfen, ehe der langersehnte Frieden einkehrte. Doch für mich war es noch nicht vorbei. Der Feind siegte und nahm uns Wehrmänner gefangen. Ich weiß nicht, wie lange ich in einer Zelle im unteren Deck eines riesigen Schiffes gesessen habe, aber es kam mir wie eine Ewigkeit vor. Jeden Tag bekam ich etwas Brot und Wasser und ab und zu eine Frucht, damit ich nicht erkrankte. Aber ansonsten lag ich den ganzen Tag nur in meiner Zelle und beobachtete die Wellen aus dem kleinen Guckloch. Manchmal kam eine Wache zu mir und redete seltsame Worte auf mich ein, von denen ich aber erst nach langer Zeit etwas verstand.

Als wir dann endlich an Land kamen, brachten mich die Fremden in eine riesige Festung, in der ich wieder in eine Zelle gebracht wurde. Sie war dunkel. Sie war so dermaßen dunkel und eng, dass ich immer glaubte, die Wände würden noch näher an mich heranrücken und mich zerquetschen. Diese Zeit war die schlimmste Zeit in meinem Leben. Nie bekam ich jemanden zu Gesicht. Niemanden außer den täglichen Wachmann, der immer das Essen hereinbrachte und die Schüssel vom letzten Mal mitnahm, in die ich mich immer entledigen musste. Den ganzen Tag lang war es stockfinster, vereinzelt ließ der Wachmann eine Fackel brennen, die nach wenigen Stunden erlosch und ich mich wieder in völlige Dunkelheit fand, die sich so unheimlich ausbreitete.

Zu dieser Zeit empfand ich einen ständigen Druck im Kopf, der von Tag zu Tag schlimmer wurde. Ich musste weinen, schreien, lachen, reden, schlagen ... und alles ohne einen speziellen Grund. Es überkam mich immer ganz plötzlich und riss mich manchmal sogar aus dem Schlaf, sodass ich völlig verwirrt in die Dunkelheit starrte und plötzlich mit Lachen oder Weinen anfing.

Eines Tages, ich weiß nicht, wie lange man mich dort festgehalten hatte, kamen einige reiche Leute und brachten mich in einen lichtdurchfluteten Raum, der mir für eine Weile die Augen blendete. Es dauerte endlos bis ich mich an die Helligkeit gewöhnt hatte, doch die reichen Männer warteten geduldig. Zuerst dachte ich, dass sie mir mein Todesurteil verkünden würden, denn alle starrten mich nur mit leeren Blicken an. Aber dann geschah etwas, womit ich nicht gerechnet hatte. Einer der Männer erhob sich und sagte, dass ich frei wäre; dass sie mich frei lassen würden und ich in ihrem Land weiter leben könnte, aber dass ich auf kein Schiff dürfte, um in meine alte Heimat zurückzukehren. Ich dürfte mich nur in den Grenzen des Landes aufhalten und niederlassen und niemals zurück gehen. Ich konnte diese Worte erst gar nicht begreifen, so hatte ich mich mit der Dunkelheit vertraut gemacht. Der Mann wiederholte seine Worte nochmals ehe ich nicken konnte. Dann gaben sie mir Kleidung, Geld und ein kleines Haus am Meer. Hier fischte ich von da an immer und verkaufte ihn dann in der Stadt.

So lebte ich mein ganzes restliches Leben lang. Immer habe ich an euch und Desdomina gedacht und immer hoffte ich, dass es euch gut ginge. Vor einem halben Jahr bin ich dann gestorben, weil ich zu schwach war und nicht mehr leben konnte. Aber eines habe ich wenigstens gekonnt: Als freier Mann sterben.

Seit dem bin ich in dieser Gestalt, lebe nicht sondern bin tot." Still lächelte er in sich hinein und lief weiter zügigen Schrittes - ohne Unterbrechung, ohne Pause. Antonius und Syrius hatten aufmerksam zugehört und ließen auch jetzt die gerade gesprochenen Worte auf sich wirken.

„Wir müssen ganz leise sein, sonst bemerkt er, dass wir hier sind", flüsterte Bartholomäus und schlich leise die letzten Meter des Ganges entlang.

Sie wollten versuchen die Königin zu befreien und Hades davon überzeugen ihr Reich in Frieden zu lassen. Sie hatten lange darüber gesprochen und sahen dies als die einzig richtige Lösung an.

Einen Fuß nach dem andern setzten sie und näherten sich immer mehr der erhellten Öffnung, die in eine der Höhlen führte.

Bartholomäus wollte gerade um die Ecke spähen...

„Mensch. Ich rieche menschliches Fleisch und Leben", sagte Hades in tiefer, rauer Stimme. „Tretet ein ihr Erdenkinder und seid meine Gäste." Wieder machte er eine kurze Pause. Nichts war zu hören – gar nichts. Plötzlich trat Hades' schreckliche Gestalt in die Öffnung und sah herablassend auf die dort stehenden Besucher. „Habe ich es mir doch gedacht! Warum klopfst du nicht an, mein Prinzchen. Ich glaube nicht, dass wir vereinbart hätten, dass du hierher kommen darfst, aber wenn du dir schon solche Mühe machst und extra für mich den langen Weg auf dich nimmst, dann muss ich dich und deine kleinen Freunde natürlich herzlich einladen", grinste Hades, wobei die gelben Augen unglaublich hell leuchteten.

Er trat aus der Öffnung und wies mit der Hand in die Höhle. Es war ein unglaubliches Gebilde. Von der Decken hingen Tausende Stalaktiten, von denen einige Wassertropfen herabfallen ließen. Das Meiste dieser gigantischen Höhle wurde aber nicht vom Steinboden ausgefüllt, sondern von einem riesigen See, in dem in der Mitte ein kräftigen Strudel wirbelte. In ihm schwammen Millionen toter Seelen, die genauso bläulich schimmerten und in deren Augen nur noch das Weiße sichtbar war. Ihre toten, ausdrucksleeren Gesichter starrten nur unheimlich in ein Nichts, bis sie in den Strudel gezogen wurden. Das Wasser war beständig unruhig und klar. Kleine und große Wellen stießen an den Rand und brachten damit den Eindruck in ein heftig brausendes Chaos, das niemand beseitigte.

Hades blickte sie wieder an und grinste aus seinem fiesen Gesicht. „Warum bist du hier hergekommen, Prinzchen?"

Syrius starrte Hades nur an. Er war total verwirrt und überfordert durch die Umgebung, die ihn ganz durcheinander brachte. Doch nach kurzer Zeit und einem Anstoß von Antonius, fand er wieder zu Worten. Er richtete sich zu seiner vollen Größe auf und sagte fest:

„Ich bin hier her gekommen, um Euer Angebot abzuschlagen. Ich möchte Euch darum bitten, meine Mutter, die Königin, freizulassen und mein Reich zu verschonen. Nichts hat mein Reich, was Euch nützen könnte. Warum wollt Ihr es also haben?"

Hades funkelte ihn an. „Du, kleines Menschlein, willst, dass ich dein Land nicht in mein Reich der Finsternis integriere? Wer glaubst du, wer du bist? Bist du so naiv zu glauben, du könntest wirklich Hades erledigen und in die Knie zwingen? Was bist du doch nur für eine dumme Kreatur." Er lachte. Es war dieses markerschütternde Lachen, dass jetzt durch die ganze Höhle schallte und die Nackenhaare aufstellte. „Wie willst du das erreichen, eh? Was willst du tun? Mich zu Kampf herausfordern? Das wäre äußert dumm von dir", sprach er herablassend weiter.

„Ich kam hier her, um darum zu bitten. Mir ist durchaus bewusst, dass es keinen Sinn macht, gegen Euch anzutreten, Hades. Aber dennoch will ich mein Reich retten. Dafür würde ich alles tun", antwortete Syrius fester und überzeugter als zuvor.

„Alles? Du würdest alles dafür tun?"

„Ja, alles!"

Hades' Gesichtszüge begannen zu arbeiten. Er überlegte etwas, dass heimtückisch sein musste, denn er setzte nach kurzer Zeit wieder dieses boshafte Lächeln auf, das mehr einem fiesen Grinsen ähnelte und seine Gesichtszüge entstellte. Durchdringend sah er Syrius in die Augen. Dieser zwang sich nicht zu blinzeln und hielt dem Blick stand.

„Wenn du alles für die Erhaltung deines Reiches tun möchtest, dann schließe mit mir einen Pakt! Einen Vertrag, der nicht gebrochen werden kann." Seine Stimme hallte durch die Höhle.

„Was ist das für ein Pakt?", fragte Antonius, der sich große Sorgen um seinen Bruder machte.

„Er sagte, dass er alles tun würde. Also, gehst du mit mir einen Pakt ein, um dein Land zu retten, oder nicht?"

Syrius zögerte. Er war unsicher, weil er nicht wusste, was er tun musste, was das Richtige war.

„Entscheide dich!" Dröhnte Hades durch die Höhle, die kaum merklich erschütterte, so kraftvoll war seine Stimme.

„Ja", hauchte Syrius mit angsterfüllter Stimme.

„Was hast du gesagt, kleiner Wurm? Ich habe dich nicht verstanden!"

„Ja, ich gehe den Pakt mit Euch ein", antwortete Syrius fest und musste reflexartig heftig schlucken. Das breite Grinsen auf Hades' Gesicht verbreitete sich noch mehr, doch er hielt sich zurück in schreiendes Gelächter auszubrechen, um die Entscheidung nicht rückfällig zu machen.

„Gut. Gut." Sagte Hades nur weiter grinsend und setzte sich auf einen Steinfelsen. Er bedeutete seinen Gästen sich zu setzen und wartete eine Weile. Scheinbar musste er sich innerlich erst einmal beruhigen, denn wahrscheinlich lachte er gerade heftig in sich hinein.

„Na, schön", sagte er jetzt und blickte unentwegt Syrius an. „Einer von euch muss mir einen Dienst erweisen, dann lasse ich euer Reich in Frieden."

„Was für einen Dienst?", fragte Antonius, der immer darauf bedacht war alles zu erfragen, um möglichst die Tücke dieses Geschäftes rechtzeitig zu durchschauen.

„Ich brauche einen Diener, der mir dient. Der letzte konnte entkommen und ist leider unauffindbar, aber deshalb brauche ich einen neuen." Syrius erinnerte sich an das Buch, aus dem sein Bruder in der königlichen Bücherei vorgelesen hatte. Der Mann, der behauptete Hades entkommen zu sein und ihnen so viele wichtige Hinweise gegeben hatte. Er hatte also wirklich gelebt und war Hades entkommen.

„Wie lange?", fragte Antonius weiter.

„Einhundert Jahre", antwortete Hades und grinste fies.

Noch bevor irgendjemand etwas sagen konnte, stand Syrius auf und ging zum Herren der Unterwelt. „Ich werde Euch dienen, Hades. Ich werde Euch Einhundert

Jahre dienen, wenn Ihr damit mein Reich in Frieden lasst. Dann willige ich ein."

„Abgemacht. Du dienst mir und ich verschone dein kleines Reich, das mir sowieso nichts nützliches bringt." Syrius atmete etwas auf. So leicht? Konnte man Hades so leicht zu etwas bringen? Er war weit mehr als nur ein Amateur. Er war tückisch und falsch und würde auch Syrius hinter das Licht führen. Oder etwa nicht? „Ich habe noch einen Gast, der uns sicherlich Gesellschaft leisten möchte, wenn wir unseren Pakt besiegeln." Hades stand auf und verschwand, genauso wie er auch schon im Gemach der Mutter verschwunden war. Doch schon einige Sekunden später stand er wieder vor Syrius und hielt die Königin neben sich.

Ihr Gesicht sah schrecklich aus. Es wirkte fahl und alt. Kaum Leben zeichnete sich in den Zügen dieser Frau ab. Ein dünnes, weißes Nachthemd verdeckte ihren schlanken Körper, der sicherlich abgemagert war. Ihre Haare fielen fettig und zerzaust über ihre Schulter und schienen seit Ewigkeiten nicht mehr gewaschen worden zu sein. Ihre blutunterlaufenen Augen blickten nur müde und starr in den Raum.

Langsam führte Hades sie zu einem Stuhl, der aus Stein geformt war und setzte sie darauf. Dann schippte er mit den Fingern und schon schaute die Königin zu ihm auf. Doch schon einen Augenblick danach erkannte sie, wer noch anwesend war.

Syrius! Mein Gott. Syrius!", schrie sie laut und sprang aus dem Stuhl, doch Hades drückte sie zurück.

„Hier geblieben! Ich habe dich hergeholt, damit du uns Gesellschaft bei etwas wichtigem leisten kannst. Dein kleiner Freund Syrius hat mit mir einen Pakt geschlossen, den du besiegeln musst, sonst ist er ungültig." Wieder grinste er boshaft durch die Runde und wieder schien er sehr mit sich zufrieden zu sein. „Ein Kuss der Königin wird unseren Pakt besiegeln."

„Was ist das für ein Pakt? Worum geht es?", rief sie verstört.

„Syrius wird mir Einhundert Jahre dienen und dafür verspreche ich, das Reich zu verschonen. Bin ich nicht gütig?"

„Syrius, nein! Du darfst ihm nicht dienen. Ich musste die ganze Zeit für ihn dienen. Du darfst das nicht!", kreischte sie hysterisch.

„Der Pakt ist beschlossen. Bringen wir es nur noch zu Ende!", sagte Hades und küsste die Königin heftig, die augenblicklich aufhörte zu schreien. Sie wehrte sich nicht, denn er hatte sich hart über sie gebeugt und hielt sie an ihren Handgelenken fest, sodass sie sich nicht mehr bewegen konnte. Er küsste sie lange und blickte dabei Antonius provokant an. Dieser zügelte seine Wut und schaute nur festen Blickes zurück.

Dann löste Hades die Verbindung und richtete sich wieder auf. Er winkte Syrius herbei, der sich vorsichtig über seine Mutter beugte und ihr einen flüchtigen Kuss auf den Mund gab. Sie umschlang ihn und klammerte sich fest an seinen Körper. Syrius wusste, dass es für sie schwer war diese Dinge zu akzeptieren und spendete ihr Trost so gut er konnte.

„Damit ist unser Pakt unwiderruflich", sagte Hades in vergnügtem Ton, der seine innere Zufriedenheit nach außen brachte. „Nun, dann solltest du dich jetzt verabschieden, denn du wirst deine Freude nie wieder sehen."

Syrius ließ sich von ihm nicht stören und umarmte weiter die Königin, die für ihn eine Mutter war.

„Ich möchte nicht ewig warten, Syrius. Verabschiede dich und dann lass uns die notwendigen Vorkehrungen treffen, damit du mir dienen kannst."

Augenblicklich schaute Syrius auf und blickte ihm fragend in die hervorquellenden, gelben Augen. „Welche Vorkehrungen?" Verdutzt sah er ihn an.

„Deinen Tod."

IX. Seltsame Ereignisse

Geschockt sah Syrius Hades an. Unfähig sich zu bewegen und vollkommen erstarrt. „Du musst sterben, denn nur deine tote Seele kann für mich arbeiten. Hatte ich das nicht erwähnt?" Antonius Befürchtungen wurden war: Hades hatte sie hintergangen und damit Syrius zum Tode verurteilt.

„Es war dein eigener Wille, denn du sagtest, dass du alles, wirklich alles, tun würdest, um dein Reich zu retten."

Syrius begriff von allen Anwesenden am schnellsten. Er fasste sich, richtete sich auf und nickte. „Ja, ich werde alles tun, damit Ihr mein Reich verschont. Ich werde sterben, um Euch zu dienen und damit mein Reich zu retten." Niemand verstand diese Worte jetzt so, wie sie Eutra verstand. Sie fiel Syrius in die Arme und küsste ihn. Warme Tränen rannen über ihr Gesicht.

„Ich liebe dich. Ich dich doch so sehr", schluchzte sie und vergrub sich in seine breiten Schultern. Ganz langsam beruhigte er sie. Er flüsterte ihr schöne Worte ins Ohr, die Eutras Erregtheit immer mehr abschwächten, bis sie ihn losließ und sich auf einen Stein setzte. Syrius ging zu Kurius, Davius, Asterius, Atreius und Phillippus und sagte lebe wohl zu ihnen. Er ging zur toten Seele seines Vater und lächelte ihn vage an.

„Es tat mir gut euch beide kennen gelernt zu haben. Jetzt werde ich besonders gut ruhen können. Jetzt, da ich euch noch einmal getroffen habe. Danke", sagte Bartholomäus und lächelte kaum sichtlich zurück. Dann verabschiedete er sich von Antonius und kehrte zurück in den See der toten Seelen. Zum Abschied winkte er noch ein letztes Mal, ehe er sich vom Strom mitreißen ließ und langsam unterging.

Als Syrius zu Antonius und Soraja kam, wagte er gar nicht ihnen in die Augen zu blicken. Beide standen nebeneinander, ohne sich zu berühren. Syrius wusste, dass sie einander liebten, sich aber ihre Liebe gegenüber nicht eingestehen wollten. Sie konnten es einander nicht sagen und waren zu verklemmt. Aber er wollte es. Er wollte, dass Antonius und auch Soraja endlich den inneren Frieden gemeinsam finden können. Dass sie einander liebten und umsorgten.

„Ich habe eine Bitte an euch. Vielmehr ist ein Befehl, den ihr von mir erhaltet." Verwundert blickten sie ihn an. „Ich weiß nicht, warum ihr es euch nicht einfach sagt, aber jeder hier außer euch beiden, weiß es. Keiner zweifelt daran, dass ihr euch liebt, nur ihr beide selbst zweifelt daran, weil ihr euch die Liebe einander nicht gesteht. Gesteht sie euch. Ich will, dass du, Antonius, mich als König vertrittst. Du hast keine täglichen Schulungen bekommen, um ein rechtmäßiger Herrscher zu werden und dennoch bin ich mir sicher, dass du genauso regieren wirst. Heirate Soraja und liebe sie, wie du auch Gott liebst und mich. Liebst du Soraja?"

Antonius nickte leicht.

„Liebst du denn dann nicht auch Antonius?"

Soraja nickte nur.

„Dann erfüllt mir bitte diesen Wunsch und vertretet mich, damit ich sterben kann."

„Du opferst dich für dein Reich. Was ich dir erklärt habe, warum du immer Lernen musstest, ist offensichtlich übermäßig viel, aber richtig, angekommen. Ich bin stolz auf dich. Du warst immer mein kleiner Liebling, den ich wie mein eigenes Kind lieben durfte. Es ist mir eine Ehre dir diesen Wunsch zu erfüllen", antwortete Soraja mit einem traurigen Lächeln. Sie küsste ihn auf die Stirn und wandte sich dann von ihm ab, damit er noch ein letztes Mal die Königin umarmen konnte, ehe Hades wieder die Ruhe störte.

„Eutra. Wärst du so nett und könntest Syrius erlösen? Ich möchte doch kein unnötiges Blut vergießen!" Schockiert, aber schon darauf vorbereitet sah sie ihn an und blickte dann abwechselnd zu Syrius und Hades. Syrius kam auf Eutra zu und umarmte sie. Ein langer, leidenschaftlicher Kuss verband die beiden Liebenden.

Syrius löste die Verbindung und sah Eutra fest in die Augen.

„Tu es!", flüsterte er, sodass nur sie es hören konnte. „Meine Seele ist bald frei und kommt zu den anderen toten Seelen bis mich Hades holen kommt." Syrius lächelte. „Ich liebe dich mehr als ich je eine Frau geliebt habe. Geh zurück zu deinem Volk und warte auf den nächsten Menschen, mit dem du bestimmt sehr lange zusammen leben wirst. Verliebe dich neu. Geh, wohin du willst, aber vergiss mich. Denke nicht mehr an mein Schicksal. Denke nicht an den Pakt und das Dienen und an Hades. Denke nur an die Liebe und liebe einen Mann, der für dich allein bestimmt ist. Du wirst ihn sicher bald finden." Einfühlsam strich er ihr über die tränennassen Wangen und küsste sie ein letztes Mal. Sie nickte nur leicht, ehe sie ihn losließ und einen Schritt rückwärts ging.

Augenblicklich schloss sie die Augen und verwandelte sich in ihre zweite Gestalt. Wilde Schlangen tummelten sich auf ihrem Kopf und lange, feste Fingernägel sprossen plötzlich heraus. Dann atmete sie tief ein und öffnete die Augen. Noch im selben Moment verwandelte sich Syrius zu Stein. Seine muskulöse Gestalt mit seinen breiten Schultern und dem bewussten Gesichtsausdruck gestaltete die Steinfigur. Alles an ihm war zu kaltem, starren Stein geworden, der nur schwarz und leblos vor Eutra stand. Nur das kleine Amulett hing noch unverändert um seinen Hals. Fortwährend leuchtete es grün und bedrohlich.

Eutra hielt es nicht mehr aus. Ihre innere Spannung schien zu zerreißen, der Schmerz wurde mit jeder Sekunde schlimmer, solange wie sie die Steinfigur betrachtete. Er hatte gesagt, dass er eine tote Seele werden würde. War er vielleicht schon im See? Eutra durfte ihn nicht verpassen!

Sie stürmte ohne ein Wort zum See und kniete sich hin. Die Wasseroberfläche war ruhig am Rand, sodass sie ihn gut erkennen müsste. Eutra blickte in das Wasser und blickte in ihr eigenes Spiegelbild. Sie sah nur noch ihre starren, todesmutigen Augen, ehe sie ebenfalls zu Stein wurde.

„Nein!", schrie die Königin. „Nein! Sie hätte ihn doch zurückverwandeln können und jetzt ist sie selber tot. Nein!" Auch die anderen stießen Angstschreie aus und sanken auf die Knie.

„So eine dumme Kreatur! Es ist doch allgemein bekannt, dass eine tote Seele in seinem statischen Körper gefangen bleibt, bis sie jemand erlöst! Warum weiß denn dieses dumme Geschöpf das nicht", sagte Hades verärgert. Wütend stampfte er mit dem Fuß auf. Doch plötzlich veränderte sich sein Gesichtsausdruck. Wieder fing er an dieses Lächeln aufzusetzen und dann drehte er sich zu der Gruppe um.

„Endlich ist es so weit. Endlich kann ich Zakynthos doch noch in mein Reich der Finsternis eingliedern. Seine tote Seele ist im Stein gefangen, solange bis ich sie befreie. Vorher muss ich mir aber noch etwas aneignen", grinste Hades weiterhin boshaft:

„Ihr seid ein Betrüger und Lügner. Ihr werdet niemals zu Gott finden", schrie Soraja aufgebracht und war einige Schritte nach vorn gestürzt.

„Zu Gott finden? Ich kann weder sterben, noch richtig leben. Warum sollte ich zu Gott finden, eh? Der interessiert mich nicht!", sagte Hades wütend zurück und funkelte Soraja giftig an. Dann lief er zu Syrius' Steinfigur und betrachtete triumphierend das Amulett. Gierig steckte er die knochigen Finger aus, um es Syrius abzunehmen.

Doch bevor er das Amulett in die Finger bekam, preschte ein kräftiger Blitz an das Amulett und zerfetzte es in Millionen Stücke, die dann verbrannten.

„Nein!", kreischte Hades und blickte sich blitzartig um, um zu sehen, wer den Blitz erzeugt hatte. „Du? Das war äußerst wichtig für mich! Wie kannst du es wagen dieses Amulett zu zerstören?"

„Das lasse ich mir nicht bieten! Was glaubst du, wen du hier vor dir hast? Hüte deine Zunge. Ich hätte das schon längst tun sollen, aber diesmal bist du einfach zu weit gegangen. Wenn man einen Pakt beschließt, dann ist er unwiderruflich. Du bist schon so böse, dass man dir erst sagen muss, wenn es genug ist!", rief er.

„Zeus, ich bin gerade nicht in guter Stimmung", presste Hades zwischen den Zähnen hindurch, wobei er Zeus feindselig anfunkelte.

„Ich verbiete dir weitere Gebiete einzunehmen! Dein Reich ist hier unten und nirgendwo anders, hast du verstanden? Du wirst Zakynthos nicht übernehmen, hast du verstanden?", fragte Zeus mit lauter, durchdringender Stimme, die durch die Höhle hallte. Hades blickte ihn nur trotzig an und nickte.

Eindeutig war Zeus der Überlegenere, der Hades alles befehlen konnte. Er hatte Zakynthos gerettet und damit hätte Syrius nicht sterben müssen.

„Warum seid Ihr erst jetzt gekommen? Syrius und Eutra wären jetzt noch am Leben, wenn Ihr eher erschienen wäret", sagte die Königin laut, aber unglaublich traurig. Zeus sah sie an.

„Ja, gnädige Frau, Ihr habt recht. Wäre ich eher gekommen, hätte ich die Katastrophe verhindern können und Syrius wäre noch am Leben. Aber das bin ich nicht. Niemand kann sie zurückholen, niemand", antwortete Zeus einfühlsam und ebenfalls mit einem Anflug von Trauer in der Stimme. Er verbeugte sich vor Königin Arnika und neigte seinen Kopf. Sie begann zu weinen. Eine Träne nach der anderen rann über ihr fahles Gesicht, das schon eingefallen war. Zeus richtete sich auf und nahm Arnika in den Arm, um sie zu trösten. Auch Soraja lag in Antonius' Armen, der sie still hin und her wiegte. Jeder konnte es nicht fassen. Syrius und Eutra hätten doch noch am Leben sein können, wenn Zeus Hades früher abgehalten hätte.

Soraja empfand einen tiefen Schmerz. So hätte es nicht enden dürfen. Sie liebte Syrius wie einen Sohn, der ihr alles gegeben hatte. Ihr Herz schien zu zerreißen und große Tränen kullerten über ihr anmutiges Antlitz, das traurig und aufgeregt auf Antonius Schulter lag. Soraja zitterte am ganzen Körper. Wärme und Kälte wechselten in ständigem Wechsel, ihre Gedanken überschlugen sich und es bildete sich ein solches Chaos in ihrem Kopf, dass sie Mühe hatte sich zu erinnern, wo sie war.

„Tja, Pech gehabt. Dann ist Syrius für euch eben umsonst gestorben, für mich ist er es nicht", grinste Hades bösartig und näherte sich wieder der Steinfigur.

Niemand hinderte ihn an etwas, da sie alle mit sich zu tun hatten und ihn gar nicht registrierten. „So, wie es der Pakt verlangt, wird er für mich dienen. Einhundert Jahre lang, mit dem Wissen, dass er völlig sinnlos gestoben sei und nur für mich ein erheblicher Nutzen heraus kommt! Ha, ha, ha!" Seine schallende Lache durchfuhr die Anwesenden durch Mark und Beine. Ein eisiger Schauer lief über die Rücken. Hades legte die Hand auf die Steinstirn und wartete. Dann nahm er sie vorsichtig wieder weg. Nichts geschah. Nichts. Wieder legte er die Hand auf die Stirn, behielt sie länger dort und nahm sie dann wieder vorsichtig weg. Aber auch diesmal geschah nichts. Hades begann zu murmeln und leise zu fluchen. Noch ein drittes Mal versuchte er es, aber auch diesmal geschah nichts.

„Warum funktioniert es nicht?", schrie er an Zeus gerichtet. „Wo ist sie? Wo ist die tote Seele von diesem Menschen? Wo ist sie?" Mit jedem Satz wurde seine Stimme lauter und voluminöser, sodass am Ende die ganze Höhle vibrierte.

Zeus löste die tröstende Verbindung mit Königin Arnika. Langsam drehte er sich um und blickte Hades lächelnd und mit zufriedenem Ausdruck an.

„Wo ist die Seele?", fragte Hades erneut. Zeus lächelte weiterhin und provozierte damit Hades erheblich.

„Er ist bei Gott."

„Bei Gott?"

„Ja, Syrius ist bei Gott, zusammen mit Eutra."

„Das ist unmöglich. Jede Seele kommt zu mir. Sie kann nicht zu Gott gehen, das ist nicht möglich", fauchte Hades.

„Oh, doch das ist es. Gott muss dich erlösen. Gott hat Syrius erlöst, weil er sich für sein Reich geopfert hat, das er gut regieren wollte und alles für seine Freiheit getan hat. Gott hat auch Eutra erlöst, weil sie für ihn mit starb. Ihre Sorge und Trauer aus Liebe zu ihm waren so groß, dass sie damit selbst starb, aber unbewusst und aus Liebe heraus."

„Liebe, das ist das Dümmste, was es auf der Welt gibt", kreischte Hades erneut, wobei seine flammenden Haare wild in der Luft umherwirbelten und noch höher schlugen.

„Aber Syrius ist unkeusch gewesen. Wie kann er dann noch von Gott aufgenommen werden?", fragte Antonius, der sich das nicht erklären konnte.

„Natürlich ist er das. Aber diese Triebe sind menschlich. Tief in seinem Inneren war Syrius ein voller Christ, der fest an Gott und seine Bestimmung glaubte und oft versucht hat Gottes Wünsche zu erfüllen. Syrius war Zeit seines Lebens ein guter, warmherziger und strebsamer Mensch, der stets Gutes wollte und schaffte. Deshalb hat Gott in erlöst und aufgenommen. Syrius ist für Hades jetzt unerreichbar", sagte Zeus und lächelte etwas.

„Das ist vollkommen unmöglich! Das darf und kann nicht sein! Ich will meinen Diener, auf der Stelle", schrie Hades wütend und stampfte wieder heftig mit dem Fuß auf. Seine Adern kamen hervor und zeigten seine extreme Rage. Er wollte sich auf Zeus stürzen, doch dieser schleuderte Hades nur an das andere Ende der Höhle, wo er sie schon bald wieder wütendenden Auges anfunkelte, sich aber nicht von der Stelle rührte.

Hades war damit zwei Mal geschlagen und erniedrigt worden.

Soraja saß in einem Sessel und stillte ihren Sohn, der fröhlich mit den Beinchen zappelte. Sie blickte ihn glücklich an und küsste ihn auf die Stirn.

„Wir sind wieder zurück", sagte Antonius und küsste Soraja auf den Kopf, wobei er sich tief in ihr Haar vergrub.

„Mama, hab' geschaff'", sagte eine hohe Kinderstimme zu Soraja. Das Mädchen war drei Jahre alt und blickte ihre Mutter aus gütigen Augen an.

„Toll, du hast es also tatsächlich geschafft, das ist ja großartig", antwortete Soraja lobend und grinste.

„Eutra wird immer besser. Sie kann jetzt schon sehr schnell rennen und trifft auch mit den Steinen das Ziel. Sie ist eine richtig kleine, süße Maus, nicht wahr?", sagte Antonius und hob seine Tochter auf den Arm und schwang sie durch die Lüfte. Lachend erfreute sich dieses kleine Geschöpf, das so niedlich und verspielt war.

„Wie wollen wir ihn nennen? Er braucht einen Namen. Hast du einen Vorschlag?", fragte Soraja, die lächelnd auf den kleinen Jungen herabblickte, der einen Tag zuvor geboren worden war.

„Ich hätte einen Vorschlag, aber wenn du dir lieber selbst einen Namen aussuchen möchtest, dann behalte ich ihn für mich."

„Nein, ich habe ja gefragt, ob du einen hast. Schließlich ist er unser beider Kind, wie auch unsere kleine Eutra."

„Syrius."

„Ja. Syrius."

„So können wir an ihn gedenken. Das hätte ihm bestimmt nichts ausgemacht."

„Nein, er wäre nur vor Verlegenheit etwas rot geworden, aber sonst nichts", lachte Soraja.

Es war nun schon vier Jahre her, seit sie die Reise begonnen hatten. Die Rückfahrt war ohne Zwischenfälle vonstatten gegangen und sie hatten Zeit sich von ihren Erlebnissen zu erholen. Sowohl Königin Arnika als auch der heilige Kelch waren wieder in Zakynthos, in ihrer Heimat. Ein viertel Jahr später heirateten sie und wurden gekrönt. König Antonius und Königin Soraja bekamen schon bald darauf das erste Kind, dem sie den Namen Eutra gaben, um an die Liebe zwischen Syrius und ihr zu gedenken, denn nur das war die einzig wahre Liebe gewesen, denn sie liebten die Seele und nicht den Körper. Sie hatten sich auf eine Art geliebt, die nicht intim, aber unwahrscheinlich tiefsinnig gewesen war. Der Kelch wurde nun in der königlichen Kapelle aufbewahrt, währenddessen sich Arnika rührend um ihre Enkelkinder kümmerte und alt wurde.

„Ja, Name Syriu'", jubelte auch Eutra, die ihren kleinen Bruder anlachte und erfreut in die Luft hüpfte.

Anne Ch. B. Zehrt, geboren 1989 in Leipzig, besuchte das Rudolf-Hildebrand-Gymnasium in Markkleeberg und legte 2007 ihr Abitur mit sehr gutem Ergebnis ab. Bereits mit 10 Jahren schrieb sie ihre ersten Kurzgeschichten und Gedichte und versuchte besonders durch zusätzliche

 Hausaufgaben ihr Ausdrucksvermögen zu verbessern. Einige Anregungen erhielt sie durch ihre Mutter Carola Zehrt, die den Beruf Bibliothekarin ausübt und daher selber Texte in der Schublade liegen hat. Anne Ch. B. Zehrt nahm bereits an einigen Schreibwettbewerben teil, u.a. am FiFa-Schreibwettbewerb 2006, zu dem Teilnehmer aus dem gesamt deutschsprachigen Raum Beiträge zum Thema „Helden und Heilige" einsandten. Sie kam mit ihrem Beitrag „Die Rettung des Königreichs Zakynthos" unter die erst besten neun in der Kategorie „Romane". Die junge Autorin will sich auch in Zukunft schriftstellerisch betätigen.